司徒玉蓮的紅塵誤悟紅塵

司徒玉蓮 口述
苗延琼 文健 著

序一

認識「家姐」的人，都不會反對我說：「家姐」是一個傳奇的人。「家姐」的「傳奇」，是她的風格，是她的人生際遇，更是她信仰基督教帶來的「蛻變」。(註)

作為「家姐」身邊的朋友，我與妻子麗芬縱然有許多跟她促膝長談的機會，但她豐富而戲劇性的生命故事，只是偶爾地透露一下。人與事，沒有交代前因，也多不會講述隨之的後果。「家姐」就是這樣的一種性格。天馬行空的，你要追上她的高速的思維方式。不過，現在終於可以透過她的生命傳記，把以往片段的剪影，貫串起來。由她自己娓娓道來，「過癮」之極！

「家姐」傳奇的生命故事，正如我們每個人一樣，都不斷地挑戰着我們去問：這一次又一次不可能的「偶然」背後，其實那位冥冥中主宰人生的上主，原來早已經知道我們、看顧着我們。縱然那時候的你，那時候的「家姐」，還未認識那位全能、至愛的主宰。但正如《聖經》中的詩人感嘆地向上帝說：

我的肺腑是你所造的；我在母腹中，你已覆庇我。……我未成形的體質，你的眼早已看見了；你所定的日子，我尚未度一日，你都寫在你的冊上了。神啊。你的意念向我何等寶貴！其數何等眾多！（詩篇 139: 13, 16-17）

人以為只是「因緣和合」，人以為只是那莫名其妙的「命運」，人以為只是因為自己懂得把握機會的拼搏……。直到我們認識了那位主宰人生的上主，才恍然發現自己所經歷的，原來早已「寫在他的生命冊上了」。上帝早已經在「家姐」尚未認識祂、甚至漠視祂的時候，已經愛她、保護她、看顧她。明白了，就油然生出一份感恩的心、要向人講述祂恩惠的心。沒有這份心境上的突破，恐怕就不會有這本書；縱有，也不是這個樣子寫出來。

「家姐」自從確信耶穌基督以後，性情的轉變、價值觀的扭轉，是有目共睹的。單就我從開始認識她，這幾年下來，親眼看見她的改變，實在也是令我驚訝的。當然，一個人的性格，不可能完全變了另一個。但我可以做見證說，我看見上帝不可思議的力量在她裏面，不斷地推動着她；令她有更多的仁慈和溫柔，也常常消解了她霹靂的性子。真的，就是這活生生的力量，抗衡着「家姐」的本性，逐漸蛻變出另一個的「她」。這就是信仰的力量，只可以來自宗教的力量。「家姐」決意要將這種生命可以蛻變的力量，介紹給她的讀者。從石硤尾的木屋區，到跨國賭業的女強人；從最豪華的總統套房，到監獄的牢房；「家姐」的傳奇已經足以叫我們神往。然而，她竟然「孋冷」將自己的生命作為最後賭注，押到永恆。究竟是怎麼一回事？我真的想知道。

溫偉耀
香港中文大學榮休教授

註：二〇一七年「家姐」的七十大壽慶典，她就指定要以「蛻變」作為整個聚會的主題。

序二

紅塵俠女與赤子情懷

讀罷司徒玉蓮女士的生涯自述，心裏泛起三種既共鳴又貼心的感受。

第一種是親切感。親切意謂熟悉及盡在不言中的感覺。我們那個年代，大部份人所成長之社會背景和經歷，一言蔽之：「窮」。上世紀四十、五十、六十年代的人，生於貧窮，長於貧窮，活於貧窮。而貧窮可令人不自覺地選擇了兩種不同的生存路向：一是屈服於窮的折磨下，不想面對，也不肯面對，或以毒品來麻醉自己，或走進了盜與娼的誤區，又或欺負比自己更窮的人。然而也有不少人，選擇了另一種生活態度，就是認窮，不以窮為恥，肯捱窮，肯拼搏，為能有一天靠自己的努力脱貧。司徒女士選擇了後者。

第二種感覺是她那俠義精神。司徒女士讀書不多，很年輕就要與母親一起為照顧家人而奔波勞碌，可她天生一副營商的頭腦和管治的才能，讓她在日後職場上，有不凡的成就。然而令筆者感動和佩服的，是她那份俠義心腸和至今肯為自己的不足和錯失而承擔責任的氣度。從對家人細心而精明的安排，到北京坐牢的擔當，和及後對曾與自己一起在江湖打拼的兄弟朋友照顧情誼，在在流露出那份行俠仗義，一種在今天，市場經濟掛帥，政見對立分歧，信息真假難辨的紅塵香港，快將絕響的品格和風骨。

第三種是信賴心，這觸及到司徒女士的基督宗教信仰。根據她自己的描述，她的兩位至親，一長一少先後都因吸毒身亡，令她傷痛得難以自拔，上天憐憫，透過溫偉耀博士在電視的一篇講章，讓她幡然覺悟，從而誠心信主。她的神學訓練是零，讀聖經也是半懂半不懂，某些章節更是偷偷略過（因為讀下去會頭痛！據她說！）。可她對上帝的信仰，卻是最樸實、最原始、最不會修飾的信賴。她不會拿聖經中某些章節故事來證實甚麼是對是錯，更不會斷章取義地來證明自己的立場觀點。沒有人教她，她卻不會對其他宗教如天主教、佛教……心存偏見和排斥。她的信仰全部就濃縮在一個「信」字上面，沒有邏輯，沒有神學，沒有甚麼教會傳承……！七十多歲江湖大家姐，對亞爸父神卻仍如小孩子般，對爸媽絕對信賴之赤子之心。

這本書是一種口述歷史的作品，所以讀來很舒服和親切，讀着，讀着，有時就像跟一位老媽，聽她細說當年的生命故事，有起有跌，有成有敗，有悲有喜……。然而，更難得的是，這不光是茶餘飯後，擔櫈仔聽故仔來打發時間（四、五十年代夏天，當時人們吃完晚飯後，在戶外露天乘涼的唯一娛樂！），而是想喚醒和見證，這些故事背後，一個平凡的香港人，在欠缺種種有利條件當中，不認命，不怕髒，不嫌苦，肯捱的心態下，如何為自己打出一片天，造就出一個不平凡的人生背後的勤奮和努力。

雖然今天的年輕人，很多都不習慣閱讀書本，尤其是課外書，但我還是極力推介他／她們讀讀《司徒玉蓮的紅塵誤．悟紅塵》這本作品。不是要大家復古，而是……也許，你會在這位司徒阿姨身上，找到真正屬於你生涯規劃的方向和靈感。

誠心祝願本書作者司徒玉蓮女士及一眾讀者，身心平安喜悅，多行善，多說好話，榮神益人。

是為序。

關俊棠神父

二〇二〇．九．二十八

自序

我知道我有一個綽號：「大家姐」！不過其實我不喜歡別人這樣稱呼我。心底裏，我喜歡過低調的日子。不過說實話的，我知道自己身上散發着一個頗強的氣場。別人說我巡視公司業務時像「武則天」：這股豪氣和霸氣是渾然天成的，連我自己都控制不了！

這些年來，我的經歷可算是罄竹難書。因為自己的經歷都算頗為傳奇，不少人曾經建議我出一本自傳，不過都被我一口拒絕！

我是在二〇一一年受洗加入基督教。之後吳宗文牧師曾經鼓勵我說出自己的經歷和得救的見證。但當時我缺乏內心的感動，一直遲疑不決。

只是近這些年，每當我回想過去，一生經歷高低起伏，能跌跌撞撞的走過來，也感到不可思議，也驚訝神在冥冥當中的帶領！

所以我重新燃起為主作見證的感動。我在二〇一六年，已經籌備出一本書，同時配合舉辦一個見證會，跟書同步推出。唯近年因為疫情等原因，見證會的場地和日期一直未能確定，所以決定先出版這本書。

今年已經七十多歲，已經到了「從心所欲，不踰矩」之年，我放下了多方面的顧慮，既然作了這個決定，也代表我把自己豁了出去。我準備把自己的經歷和大家分享，見證主奇妙的恩典，希望能讓自己卑微的一生，因為主的緣故，成為別人的祝福！

各位兄弟姊妹，五湖四海的朋友，我很清楚自己不是一個「聖人」，在此希望曾被我責難呵斥的朋友，能接受我誠心的道歉。可能你們不知道，夜闌人靜，當我反省自己的軟弱時，往往也感到愧疚！

可能這就是保羅所說的那一根刺，令我更加仰望耶和華，信靠祂的恩典。

> 祂對我說：「我的恩典夠你用的，因為我的能力是在人的軟弱上顯得完全。」所以，我更喜歡誇自己的軟弱，好叫基督的能力覆庇我。我為基督的緣故，就以軟弱、凌辱、急難、逼迫、困苦為可喜樂的；因我甚麼時候軟弱，甚麼時候就剛強了。（林後 12: 9-10）

所以你們眼中的「大家姐」，不過是在神面前學習臣服謙卑的司徒玉蓮！

本書得以順利出版，有賴一些朋友的幫忙，謹致衷心謝意。

首先，我要多謝關俊棠神父，「紅塵誤．悟紅塵」是神父曾經出版一本書的書名。難得他容許我用了他的「原創」，還替我寫了推薦序。

此外，我感謝溫偉耀博士，他在百忙之中爽快應承為我寫序。溫博士是很認真的：他很快就把書本的內容看了一遍，然後下筆為我寫了一篇很精彩的序。

我也感謝我身邊的「大文豪」：苗延琼醫生和文健先生。多得他們的幫助，得以把我口述的資料轉化為文字。

同時，十分多謝我的同事「側田」、Amy、德明等，他們把我如海量的相片整理出來，加上文健參與篩選相片的過程，他還替我把相片加上說明。我希望本書能圖文並茂，讓讀者你看得賞心悅目。

最後我要多謝天地圖書的副總編輯林苑鶯小姐，她在編輯出版方面，為我們提供很多專業意見，令這本書順利完成。

多謝大家，這本書是大家共同努力的結晶！希望你喜歡！

司徒玉蓮

二〇二〇年秋

目錄

第三章・家人

第二部份　事業王國

第一章・賭博娛樂事業

第二章・賭廳營運

第三章・海外發展

第四章・大陸及香港的投資

第三部份　幫會風雲

第四部份　人生歷程

第一章．信仰

第二章．人生

第一部份

早年生活

第一章・童年

1. 依稀印象的石硤尾大火

我對自己的童年，印象模糊。

我跟弟弟的身份證，出生年份是一樣的，一九四七年出世，但我們不是孖生的。為甚麼？我的父母說，因為拿身份證的時候，希望幾兄弟姊妹都去報考車牌，所以報大了歲數。母親說，我比弟弟大一年，但父親卻說我們的差距不只一年。最好笑的是，母親說得最斬釘截鐵的只有這一句：「總之，妳是天光雞啼時出世的。」

我不知道出生年月日，時辰八字甚麼的都沒有，只有雞啼這個時間。為了方便，我只當自己是一九四七年出世了，反正只是一個數字。還有，我們是開平人。大約七十年前，當我還是三歲的時候，我跟着父親和哥哥，三個人從內地來到香港。母親、弟弟和二妹則是後來才來港團聚的。只有細妹在香港出世。

父親司徒忠、母親鄧香、還有大哥、弟弟、二妹和細妹。我們就這樣簡單的一家七口，住在石

一九五三年十二月二十五日發生的石硤尾大火，我們一家都是災民。

石硤尾大火

國共內戰（一九四五——一九五〇年）前後，大批中國大陸難民湧港，於九龍北部山邊多處搭建木屋區，加上二戰後香港人口激增，無處容身，一度有近25%人口居於寮屋。

一九五三年十二月二十五日晚上九時二十五分，石硤尾白田村眾安道一百二十四號一間木屋二樓一個單位，一名做鞋的住戶在燃點火水燈時，火種不慎燒着棉被和製鞋膠水，引起火警。最初影響附近三十多間寮屋。十分鐘後一陣強烈的北風令火勢迅速蔓延，瞬間波及數百戶，火勢一發不可收拾，火頭由白田村向東灣及正街蔓延，涉及多個木屋區，包括白田上村、白田下村、石硤尾村、窩仔上村、窩仔下村及大埔村。晚上十一時十分，整個白田村慘被焚燬，但火勢未了，直至十二月二十六日凌晨二時三十分，大火歷時六個小時才受控，造成3死51傷，燒毀木屋2,580房，約12,000多個家庭合共58,203人頓成災民，無家可歸。

硤尾木屋區，很窮，但生活算是快樂，因為想不起有甚麼不快樂，就是快樂了。

孩童時唯一有點記憶的，是那場導致五萬八千多人痛失家園的石硤尾大火。一九五三年十二月二十五日，這個日子是後來查資料才知道的，當時哪有人慶祝聖誕節？那一夜，一把火把我的家燒燬了。石硤尾大火是全香港大事，現在聽到我們一輩人講起石硤尾大火，仍猶有餘悸，我印象中那火燒了幾日幾夜才熄滅，幾乎把整個石硤尾都燒光了。

一九五三年十二月二十五日發生的石硤尾大火，我們一家都是災民。

由於當時年紀太小，記憶很模糊，大火當時我在做甚麼，實在記不起來，只記得跟父母失散了。為甚麼會走散，真的不記得了。總之記憶之中，只有我領着弟弟慌忙逃出火海。當時矮小，只見到別人的背脊，我就跟着所有街坊逃命，逃到遠離火場的平地上，人山人海的，等候警察的安排。

那時候，警察叫小朋友排隊站在一邊，我年紀小，當然感到害怕，但要照顧弟弟，再加上身邊都是同樣跟父母失散的小孩，漸漸地也沒有甚麼好怕。當時有基督教人員來派奶粉，給我們食物，我們也拿了一份。我們等待父母來相認，一等就等了兩天，父母才找到我們，可想而知當時有非常多的人無家可歸和家人失散。我記得父母找到我們時那一副舒一口氣的模樣，兩天啊！兩個子女大火後失蹤兩天，能不擔心？

這兩天我們做甚麼？就只有「瞓街」了。我們一班災民都被安排到一個空地排隊登記，領取食物和衣服，然後再等有關方面安排。與家人重聚之後，我們一家被安置到「南華茶樓」。大埔道南昌街交界有一個加油站，後面有間利工民，而南華茶樓就在利工民後面，即南昌街和福榮街交界。加油站和利工民還在，但南華茶樓則結業多年了。與其他舊式樓宇一樣，那裏也有騎樓，所謂的安置，其實是找個有騎樓的地方讓我們繼續「瞓街」。但至少「有瓦遮頭」，下雨也不用怕，算是很好了。我們找來了一些紙皮擋風，就這樣在街上睡了兩個多月。

那時港英政府做事都算快捷，大火兩個月之後，就在原址搭建了二百多幢臨時居所，名叫「包寧平房」，據説是以當時的工務局局長包寧（Bowring Bungalows）命名，這都是後來才知道的，那時我們不用瞓街就好開心了，怎理得包寧是誰？

包寧平房的單位數目是供不應求的，政府也立即加緊在旁邊興建六層高大廈，一年後入伙，即是現在的石硤尾邨第一期，是香港第一個大型徙置區。徙置區最初有八座，我住在D座，六樓。記憶最深的是那個單位的租金要十四塊錢，那時候一碗雲吞麵大約

包寧平房

包寧平房以當時的工務局局長包寧（Bowring Bungalows）命名，用以安置石硤尾大火的災民，是香港公共房屋的前身。每個單位面積大約只有 10 x 15 呎，可供三至四人居住，居民要共用廚廁。由於這些由磚和水泥簡單建造的臨時房屋只有兩層，所以不用打樁，工人以平均十三天建成一座的速度，在災場興建了二百餘座這類臨時居所應急；一九五四年二月開始陸續入住，同年七月便完工，共提供了八千個單位給災民居住，可是仍然未能完全安置所有災民，故才有後來興建石硤尾邨的計劃。直到石硤尾邨建成，包寧平房就完成了它的歷史任務，一九五五年開始陸續拆卸。

三四毫子。我們住在只有一百二十平方呎的單位，即係「龍床盤」！現在的「龍床盤」美其名是給一些年輕小夫妻搞甚麼二人世界，但我們那時候是給一家七口住的，其後祖父母和姑姐也申請了來港，這裏最多住了十個人，每人平均面積只有十二平方呎，即是半張單人床的大小。所以有人說，現在香港人越住越細？他們還未感受過真正的「擠迫戶」是甚麼滋味。

不過也不只是我們一家，事實上家家戶戶都是八九口擠在一個小屋。這些我們當時還稱為徙置大廈的石硤尾邨一期，是香港公屋史上最早的「H型」大廈，一層樓兩翼加起來住了三百二十伙人，中間只有三個公共廁所，分男女廁。所以每天早上梳洗和晚上洗澡這兩個「黃金時間」，家家戶戶爭先恐後的走到公共廁所門快排隊，先到先得，人龍比起排巴士更長。那時沒有手機，等候的時候有甚麼事可以做？當然是跟鄰

石硤尾邨

因為石硤尾大火，一九五四年四月，香港政府成立「徙置事務緊急小組委員會」，並設立徙置專員一職，建議政府設立基金以興建多層徙置大廈，並成立香港屋宇建設委員會。同年六月，由聯合國捐款建造、首八座工字型徙置大廈（又稱H型大廈，意指橫切面的形狀）建成，即A-H座（後改稱第十至十三、三十五至四十一座），亦即司徒玉蓮入住的一批。

一九五五年開始，政府陸續在該區興建二十一座徙置大廈，連同之前興建的八座，成為全香港首批共二十九座的六至七層高的徙置大廈，亦即石硤尾邨，正式開啟香港公共房屋的歷史。除了第八、九和十四座採用單幢式（I型），其餘都是工字型設計，成為香港早期屋邨的一大特色。

居聊天了。所以我們的鄰里關係非常之好，我常常覺得，以前的人比較有人情味，真誠一點，街頭有人煮糖水的話，會一直到街尾的人也可以分享得到。哪像現在，即使住了十多年，但對面單位的家庭姓甚名誰，也不知道。

在徙置區的日子，我還是個幾歲的小孩，我記得要站在椅子上才望到樓下的。我還有那時的照片，都是領屋時的合照。

2. 一戶十口的徙置區日子

祖父的弟弟，我們叫他「三公」，一直在澳洲生活。那個年代，移民澳洲流行「買紙」。買紙是甚麼？「買紙」的「紙」是指出世紙。像假結婚一樣，偽造一張出生證明，賣給想移民的人，付錢後立即坐大船出發。由於祖父需要照顧其母，因此把去澳洲的機會讓給三公。三公十四歲時去澳洲，十六歲曾回來結婚，之後到一百零二歲都再沒回來香港。三公每年都會寄錢給父親，一方面接濟我們，另一方面由我們再寄到中國內地，接濟內地的親戚。

後來，祖父母成功申請來港，所以就有之前所說，我們那個徙置區的單位多了祖父母和姑姐，住了十個人，生活空間又狹窄了；另一個角度，父母要多養三個人，壓力也大了。那時真的很窮，大哥和弟弟穿過的「牛頭褲」不合身了，那就換我來穿。牛頭褲不是牛仔褲啊，是一種比較粗糙的唐裝褲，白色，半長不短，也有些是長褲，有褲頭帶的，穿着的時候，要用左右手把褲的兩邊提起來，再綁褲頭帶。現在都找不到這種褲子了。

十個人，一百二十呎的蝸居怎樣睡？睡走廊。我們早點吃飯，然後就早點拿着蓆子出去霸佔地方睡覺——不只我們，鄰居都是這樣睡在屋外，晚上的走廊都是人，如果夜歸，就像武俠小說要懂輕功一樣，在床與床之間、蓆與蓆之間，小心翼翼的走過，不要弄醒睡着的鄰居。走廊分兩旁，一邊近門口，一邊在外側，我多數睡在門口，男生就喜歡睡近外圍，還會放一塊板架高，有些鄰居則有尼龍摺床，那

我們一家十口申請入住公屋石硤尾邨，一家人拿着登記號碼牌拍攝的「上樓照」。

情形好像一轉身就會從騎樓滾出街似的，但他們又不怕滾下去，是不怕死，還是覺得死了也沒差？

到我開始懂性了，便不時帶着弟弟妹妹外面走走。我負責煮飯。哥哥不會做家務的，我們台山人重男輕女，所以男生不用工作。我是大家姐，只有我照顧弟妹。每天出門前，母親都會給我錢，多的時候一元，少的時候也有八毫。這便是我們的買菜錢和生活費，但只有這麼一點錢怎能養活全家人呢？這都是母親教的：別人吃四毫子一斤的頂級米，我們只一毫半子的「米碌」，那是在加工輾米時輾得太碎的白米碎；牛肉不管哪個部位都有營養，因此要買較便宜的牛筋，然後把筋跟肉削開，牛筋用來煮湯，牛肉碎則連同蔬菜或蛋一起煮；至於買雞蛋也不用買完美的，既然當日便會煮掉，那就買蛋殼有瑕疵的也沒所謂了，這樣又會便宜一些。母親就這樣一直灌輸我這些省錢觀念。

所以，慳儉的習慣是從小養成的，是母親的教導的。以前哪有冷氣？有風扇就已經很好了，我們都懂得知足。在這角度，對比起那年代，我倒是覺得現在的人過日子要苦一些。

我們經歷了物質匱乏、生活艱難的童年。兄弟姊妹那份真正的關心、親密無間、團結一致的感情，一至維持到今天。當中儘管有歡樂與哀愁，但在我心中卻是溫暖快樂的。

請柬

謹訂於公曆二零零九年九月二十四日
(星期四)為司徒玉蓮女士壽辰之喜
是晚假座九龍石硤尾南昌街美彩樓多彩海鮮酒家
敬備桃酌 恭候
光臨
六時半恭候
準八時入席
司徒府 敬約
敬請賜覆
聯絡電話 二五二一 八八〇八

二〇〇九年九月二十四日在石硤尾某酒家擺壽宴，
請帖設計用了兒時住所石硤尾邨做背景。

二〇〇六年，司徒國際集團主辦的石硤尾九龍仔之友街坊重聚聯歡晚會，與街坊朋友合照。

3. 從卜卜齋到學校——永遠的六十一分

六十年代初，我十多歲時，常看到欽州街上不識字的媽姐在找人代筆寫信，心想：「那不是會讓其他人知道自己的心事？而且有誰能確保那些內容完全正確？」於是我便有着一定要讀書的想法。

我讀小學，轉校很多次。天主教學校、佛教學校都讀過，甚麼宗教學校都讀過，也唸過徙置區的天台小學。為甚麼？因為每間學校只讀了三個月，就因為無法繳交學費，被迫轉到另一間學校上學。最後，因為母親認為弟弟妹妹都該讀書了，便請了一個「卜卜齋」（私塾）老師，一個月只需十元八塊，負責教所有子女讀書識字，這又是母親的慳錢之道。

記得大哥比較頑皮，他自己不讀書也要令到其他人不能學習，每天都捉弄老

媽姐

媽姐（讀作馬姐），是指紮起大鬆辮、身穿白衣黑褲（白色大襟衫和黑色香雲莎即黑膠綢做的長及腳眼的長褲）、來自廣東順德的女傭。二十世紀三十年代，順德絲綢業式微，當地一些本來以繅絲為業的「自梳女」為了維持生計，就到南洋（馬來西亞、新加坡）或香港、澳門等地當女傭，這些女傭稱為「媽姐」。

六十年代開始，香港媽姐因為種種關係離開僱主，又不願意返回順德，於是集結一起組織齋堂，現在荃灣的芙蓉山，及大嶼山羌山之東南觀音山，都有媽姐的歷史。七十年代開始，新的家庭多數聘請外籍家庭傭工。直到九十年代，仍然有少數年輕時已經照顧僱主一家的老媽姐，繼續與僱主一家一起生活。

天台小學

天台小學是指在徙置大廈天台開設的小學，在五六十年代盛行。由於在二次大戰後出現高出生率及國共內戰引致大量移民湧入，令香港人口在短時間內急劇增長，可是教育資源相對貧乏，官校學額嚴重不足，擁有自設校舍的私校又所費不菲，故有私人辦學團體在天台設立小學，讓一般家庭的兒童接受教育，而政府也以象徵式每年收取一港元為租金，官民合作解決了教育問題。

後來，新落成的屋邨及新市鎮都會規劃足以應付區內需要的學校校舍，徙置大廈從七十年代中期起拆卸重建，天台小學因此逐漸停辦或遷到新建校舍繼續辦學。

慕德中學

慕德中學是在一九五〇年，由挪威傳教士顧永榮牧師和另外幾位牧師本着「神愛世人」之精神，以他的一位挪威朋友寄來的一元美金，於四月四日在香港摩星嶺創立。初以「難童義務學校」為名，暫借一所英軍營為校舍，學生只有二十三人。同年六月二十六日，學校遷往將軍澳調景嶺。一九五二年易名為「信義中學」，一九六一年為紀念挪威已故慕德皇后（Queen Maud），更名為「慕德中學」。司徒玉蓮應是一九六一年後入讀的。

一九八五年，挪威信義差會將辦學權轉予港澳信義會，並易名為「港澳信義會慕德中學」，一九九三年遷入將軍澳厚德邨新校舍，校名和校舍均沿用至今。

師。我記得他有一招，常常把薑蓉抹在椅子上，老師一坐下，褲子都骯髒了，十分狼狽。因為大哥的惡作劇，我們換了多個老師，最後臭名遠播，弄得沒有老師願意來上課。

後來家庭老師也負擔不了，最後卻給我考入了學費非常便宜、調景嶺的慕德中學唸初中。為何我習慣每隻字寫那麼大，就因為那時正值反叛期，又時常被老師罰抄，每次罰抄三張紙，如果字寫大一點，也就能抄少一點。至於我的學業成績，永遠沒有不及格，但亦沒有六十二分，只有六十一分，剛剛好及格。那時的老師說：「司徒玉蓮，妳看看自己的答案，有哪句是按書本內容寫的？」我沒有把書本的內容一字一句背默出來，但寫的卻都是有道理的，所以即使拿不到高分數，但也不會不及格，老師總是給我比合格分數高一點點，又不至於被趕出校。現在的人都說我當時是天才了。不過，可惜的是，當年的成績表不知丟到哪裏去。

我讀到中三畢業就沒有再讀下去。為甚麼？因為，我要結婚了。

4. 鬼馬相親與兩段婚姻

小時候我很討厭「司徒玉蓮」這四個字的，覺得囉嗦，於是便叫自己做「司徒清」，因此自小開始，大家都「阿清」、「阿清」地叫我。至於為甚麼叫「清」而不叫其他，我倒忘記了。

我在調景嶺唸書，除了想識字之外，當時還有一個想法，把上學當作是躲避母親安排相親活動的逃生門。當時女子十多歲就想着要嫁人了，哪有現在三十歲還雲英未嫁？那時我們追求的不是自由戀愛，嫁人都有實際目的：為了生活，為了生存。

所以，我十多歲就被安排去相親了。而母親常常希望我嫁到美國，那也是對生活的考量。記得之前說的三公，他到澳洲之後就可以寄錢回來，就覺得外國的月亮特別圓。美國三藩市那時稱為「舊金山」，母親就真的以為「有金執」，如果我嫁到美國，寄一元美金回香港，她就可以花七點八元港幣，扣起不用養我的伙食柴米油鹽，是有賺得多了。

我記得，相親的對象是一個美國華僑，是一個台山人，年紀大約三十多歲，但我可只有十多歲，相差廿年啊！那時候的人，三十多歲的外貌就很成熟了，怎像現在五十歲還是花美男？那人穿西裝，戴一個粗框眼鏡，在我眼中就像一個老伯伯一樣。我不想跟「老伯伯」，又不想去美國，但母親又迫我跟他約會，怎麼辦？我唯有裝鬼靈精怪去作弄他。

他說：「阿清，搭的士好嗎？」我卻說：「我要走路。」他問：「妳想吃甚麼？」那時正餐也未吃，我卻答：「紅荳冰！」吃過紅荳冰之後，他又問「妳想吃甚麼？」我又答：「雪糕！」總之不是紅荳冰，就是雪糕，那當然相親失敗了。之後，又再跟幾個不同「形狀」的人相親，我又用相同的伎倆，最後媒人婆回來跟我母親說：「相親十次八次都不成功，妳這個女兒，太古怪了。」因為這些事，母親也有點微言，但也無可奈何。同齡的朋友都出嫁了，就只剩我。

我的婚紗照

我雖然不想去美國，但我還是有為家庭去考慮的，所以，我還是在十七歲結婚，那是我的第一段婚姻，所有網上關於我的所謂資料，全都沒有記下這一段婚姻，因為我從來都沒有說過。

那時認為，如果跟這個人結婚，可以搬出石硤尾公屋，兩口子生活，自力更生，又不用去美國，幸運的話還能改善父母的生活，那不是很好嗎？於是，我跟這個人拍起拖來。剛開始交往時，我還在調景嶺讀書，平日都在學校寄宿，只有週末會回家。直到不知哪一天，他跟我求婚，我答應了，就正式在一起。婚後，我們育有子女。那時我們窮得連牛奶也買不起，我除了用人奶餵哺嬰兒外，那時就用少許米煮成潮州粥，再將潮州粥的米水混合煉奶代替牛奶，那就既有營養又有「米氣」，兒女們就是這樣撫養長大的。

後來，我跟第一任丈夫分開後，母親又重燃起希望我嫁到美國的心，於是又找了一戶人家給我，對方還邀請我去美國相親。那時跟十多歲時的心態不一樣了，再加上帶着小孩，覺得只要有人照顧，老伯伯也好，去美國也好，也沒甚麼所謂了。那時我跟母親做白牌車助手，大約二十多歲，卻在這時候遇到第二任丈夫，走出不同的人生，我們又育有子女。

第二章・早年事業

1. 借入與借出——母親的無本生利

我成長的年代，說得上是香港經濟不好的年代。在那個「蕭芳芳、陳寶珠」的年代，能夠到工廠上班已經很出眾的了。我很早就想賺錢，帶一些針線活回家做，一毫子穿一斤線頭，弄得手指都破損，但買一支汽水便把收入花光了。

還是母親厲害。在還沒有小巴的年代，她經營「白牌車」，找幾個人做司機，用小貨車收錢載客，就這樣做生意了。最初，母親以一千多元首期，購買了第一輛白牌車，當時值一萬多元，一直做到擁有幾十部車，像一隊車隊一樣。她是怎樣做到的呢？她很有生意頭腦的，曾經買一大包白米回來，然後分銷給其他人，賺差額。但令她賺第一桶金的不是白米，是錢！她把錢借出去，然後收利息。可是，本金從何來？借！最初是問朋友借，即是俗稱的「標會」，幾個人夾一份錢借出，賺取利息，債仔可逐個月攤還。

豈不是無本生利？就是無本生利！母親就有這種辦法。但「標會」只能靠身邊的朋友，母親很快就想到更大的借錢計劃。

「玉蓮，以後你做甚麼生意也好，一定要向銀行借貸。」

原來，她向銀行借錢，再在上面加點利息借給其他職業司機，賺取當中的差價。就這樣，她只要儲到一個首期，就多買一部車，開展其白牌車事業。

白牌車

甚麼叫白牌車？香港車牌在一九八三年統一為前白後黃的反光規格，在此之前，香港的正規的士車牌為黑底白字，非商用車輛如私家車則為白底黑字，所以，私家車充當的士而非法載人的，就稱為「白牌車」。

白牌車一般為九座位的小型客貨車，五六十年代盛行，行走新界區。「六七暴動」時期，由於巴士司機罷工，部份路線暫停服務，政府特別容許白牌車進入市區。一九七〇年，政府推出白牌車合法化政策，由政府發牌，即現時的「紅Van」，共有4,350輛小巴，數目一直不變至今。「紅Van」最初規定上限十四座位，但當時因為車種的關係，不是每輛小巴都有十四個座位，所以也同一時間有十座位、十二座位、十三座位的小巴出現。

她又教過我如何借錢：我們以為，今個月需要一萬，就借一萬，第二個月還；之後下個月再有需要，就再借另一個一萬，再借，再還。雖然這樣好像很有信用，她不建議這樣，因為這樣銀行會知道你的底牌，知道你一個月需要一萬元營運。她說，不如一次過借一年，多借一點，然後分期還，這樣也一樣可以建立信譽，別人也無從知道你日常的營運情況。

她還教我應該怎樣「供車會」。例如，三個月不供款便會「拖車」，她就會在兩個月二十九天後，到最後時刻才供款，目的是維持最高的流動現金。

母親說通脹會比銀行跑得快，所以向銀行借貸，先使未來錢會較划算，於是便得出要向銀行借貸的結論。雖然很感激她的教導，但後來實踐證明，這一套並不適合我。這在後面的章節，我會慢慢解說。

2. 小巴助手——手寫水牌元祖

剛才說過，在小巴還未發牌的時候，母親經營的白牌車，是用小貨車改裝而成，有九個座位，但實際上我們沒有座位限制，五毫子坐座位，兩毫子坐地下或是企位。當然根本沒有甚麼安全意識，乘客趕着上車，我們趕着賺錢，大家都為生活各取所需。

我沒有讀書之後，很快就「跟阿媽搵食」，在她的白牌車隊中做助手。現在乘坐綠色小巴，由乘客自己入錢，有時用八達通付款；紅色小巴司機則仍然把手伸出來收現錢，而當年則是有專人負責收錢和關門的，我就是那個「專人」。我每次都要清楚數錢，確保客人都付足車資。薪水方面，工作八小時薪金十二元；全日則是二十四元，當時來說收入是不錯的。

後來，政府宣佈小巴發牌機制，讓擁有貨車的人來登記，只要有一輛客貨車，就可以去登記，

當年我每天早上起來，便在街上隨意撿的「紙皮」上面寫小巴目的地水牌，正面寫「青山道」，反面寫「土瓜灣」，把紙皮放到車前便開始工作。（模擬圖）

小巴水牌

小巴車頭頂的目的地水牌箱，是到一九七八年才出現。在此之前，司機都是用放在車頭的「小巴水牌」。說到小巴水牌，大家應該想到小巴水牌製作人麥錦生師傅。麥師傅在一個訪問中說：「其實小巴水牌存在已久，最初的水牌就是用紙皮和墨水製成的，沒有所謂原創者。後來膠片普及，絕大部份小巴水牌都改用膠片，當時很多水牌都由李其忠師傅以紅藍漆油寫上。」麥師傅不知道的是，用紙皮和墨水製成的水牌，其中一個「原創者」，就是司徒玉蓮，還有她的父親司徒忠。司徒氏父女是負責「青山道．土瓜灣」線的，所以現在至少我們知道這一條路線的水牌字型原創者是誰了。

登記一輛就領一個牌。那時候規定小巴是九個座位的，後來變成十四個座位，並維持了一段很長的時間，所以小巴也稱為「十四座」，這是大家都知道的事了。後來改為十六座位，到現在十九座位，但仍然有不少人習慣稱它做「十四座」。由於母親在做白牌車時跟警察多聯絡，我們才能預早得知政府何時將小巴以發牌方式納入規管，變相一切比其他人都早有準備，比如轉「十四座」的時候，一早購入十四座的車款來改裝，可謂快人一步。

我當年負責的是來往青山道至土瓜灣的一條線，至今「青山道」、「土瓜灣」這六個字小巴目的地水牌，也是沿用我當年寫的字體，只是做成了塑膠的。當年我每天早上起床後，便在街上隨意撿了「紙皮」，在上面寫地點，正面寫「青山道」，反面寫「土瓜灣」，然後把紙皮放到車前便開始工作。

如上文所説，跟車工作「一更」的薪金是十二元，工作時間由早上七時到下午三時，如果要多賺「二更」錢，就是由下午五時工作到凌晨十二時。

3.不斷交學費的早期投資

把工作賺到的錢省着省着，我有能力買自己的小巴，所以後來我也慢慢開始自己做生意，從助手榮升為老闆。但我不是做車隊，而是做買賣。我跟着母親的行家在日本東京買車身，在銀座買引擎，在佐敦開了自己的車行，做白牌車買賣。當時日本政府有碳氣污染管制，所以車輛使用過了三年便要去驗車，那就等同叫人去買輛新車。那時剛好推廣使用「油渣車頭」，於是我便試做賣車，那時我才二十多歲。

之後，是看到叔公（爺爺的弟弟）在新畿內亞做生意，那時我到了新畿內亞後覺得有可為，因為跟着母親打理車隊時知道，一輛日本車送到新畿內亞的成本才數千港元，非常便宜，所以就儘管一試，在新畿內亞經營租車生意。當地的黑人不算聰明，我帶着一疊像「紫菜」模樣的單據過關，我說那是複印紙，他便讓我過關了。我們一開始買了約十部車到新畿內亞，讓到新畿內亞公幹的客人租用，收了錢後就把車匙和入滿油的車交給客人，客人還車時把油再入滿即可。

不過，亦有失敗的例子，而且跌得很慘，後果很嚴重。

當時大約是七十年代尾左右，具體日期我記得不太清楚。那時，一個退休公務員跟我商量合作，做貸款生意。當時受到母親的影響，她都是靠賺差價、「食水位」的工作為主，我覺得可以一試。但我不跟銀行借，我到澳洲跟三公借十萬元澳幣，結果三公借我五萬，另一個五萬由另一個姑丈借給我，坦白說我真的很感恩這位姑丈，因為他是全世界最孤寒的人，全個家族都知道，但居然願意借五萬給我，當時我真的覺得很驚訝。

錢到手了，我就借給別人。我開設了全香港第一間財務公司，名叫「新超級貸款公司」，地址

跟親人攝於澳洲雪梨。前排左起：叔叔、叔公、叔婆。後排左起：我、母親、弟媳、弟弟。

這是我在澳洲的親友

在彌敦道胡社生行九〇二室，服務對象以公務員為主，這生意最初很賺錢的，借一百元，一天的利息是三毫子，他們一出糧就自動過賬給我，很好賺的。

在「新超級」，我做過其他生意，包括買賣安全帶。我親自到日本入貨，談了五六個月才成事。那是私家車的安全帶，一買回來就批發給車行，賺取差價。但最初根本沒有人用安全帶，香港政府直到一九八三年才立法，前座乘客需要繫上安全帶，這都是後來的事了。所以當初這個生意並不賺錢，原以為安全帶是車廂零件的一部份，壞了便需要更換，豈料人們根本不安裝它，因為根本沒有需要。做了幾「水」，不賺錢就不再做下去了。

此外，就是一些外判白牌車的生意，那時雖然有小巴，但其實在港九新界仍然有白牌車的需求。當時只要司機一打電話來，我們就把車判給人，有點像現在的 Uber 一樣。

可是，這家「新超級」到後來一夜破產，為甚麼？因為香港政府突然改變法例，說扣留別人的存摺、身份證是犯法的，那可大件事了，我們借錢、借車，一般都要客人的身份證之類的東西做抵押，否則他們一借無回頭，我就血本無歸。現在法例不許我們扣留抵押品，別人又怎會來還錢？

但我可是借了三公和姑丈十萬元澳幣，我根本沒法還錢，變相令我失信於親戚。

生意失敗後，我對金錢的觀念改變了。因為做生意不是穩賺的，我承受不起風險，怕再次失敗的話會無法支撐自己的生活。於是改變方式，當我手上有多少錢，就做多少錢生意。就這樣一直向前走。這是跌倒過後的領悟。

所以，直到現在，我還是不敢向銀行借貸。我的信念是，做生意應該要實際一點，就如之前我也不用信用卡一樣，覺得不應該先花未來錢，而且信用額多寡又不等於銀行戶口裏實質擁有的存款。後來是因為有次帶美金去美國，但他們有些地方超過十元美金就不收現金，我才只好申請信用卡。

但話說回來，在那麼多類型的行業打滾過，從失敗中累積經驗，成為我後來發展事業的伏線，才有一九八四年發展賭場的轉變。

我早期的事業是我不斷探索的過程：我會親力親為，作多方面的嘗試。當中我也有失敗的時候，但仍然抱着積極面對的態度。況且這些失敗的經驗，也成為我日後的教訓警惕！

在此我也希望年輕一代，可以身體力行的多作嘗試，積極準備，始終機會是留給有準備的人！

第三章・家人

與家人回鄉祭祖時，跟父母在鄉下合照。

1. 母親

我的母親鄧香，台山人，沒讀過多少書，識字不多，但十分精靈。多年來，她用盡不同方法照顧我們全家。

那時我們住在徙置區，母親教我們一些生活智慧：沒餸菜的時候，就打一隻雞蛋，加點豉油，吃快一點，就不會餓。但我不但沒聽教，還學人擁有一份同情心，看到乞丐行乞，沒飯吃，很可憐，就分一點給他們。其實我們自己都不夠吃，還分給人，但我就是這樣。有一次，母親看到乞丐吃雞蛋，覺得很奇怪，又覺得雞蛋很「面熟」，就起疑，說：「那不是我們的雞蛋嗎？」最後母親當然會發現，又是我做的「好事」，罵了我一頓：「你也未吃飽，還給別人？」對，這就是我。

小時候，我常常覺得母親經常刻薄我。因為台山人傳統是重男輕女，大哥和弟弟都不用分擔家務，而母親又常把「三個女兒中，你長得最醜」掛在嘴邊，而且甚麼艱難的工作，都交由我負責。母親明顯地疼惜二妹多一些，父親也是偏心，十二歲的時候我在餵豬，二妹就可以把腳伸出來讓父親替她洗腳。但有這樣的差別，我也不曾生妹妹的氣。其實我也不知道怎樣才是生她的氣，總之完完全全沒有放在心上。

也正因如此，我養成了甚麼都能做的個性，叫我煮飯當然可以，叫我穿裙子出去裝模作樣也可以，見識多了不同層面的事，造就了將來的我。

不過，母親真的不疼惜我嗎？我後來覺得，母親可能是用不同的方法疼惜我：教我生存。母親常跟我說：「食唔窮，着唔窮，唔識打算一世窮。」她每天都這樣唸我罵我，因為我洗一斤米會不見了二両，才醒覺到原來我真的不懂做家務的要訣：精打細算。上文都說過了，買牛筋，把牛肉碎削出來，一件牛筋可以做一餸一湯，這除了是因為窮，也是母親教會的精打細算。

跟她經營白牌車、小巴時，她也有意無意的教我生意之道。之前也提過了，如何借錢，怎樣還錢，在一買一賣之中獲利。所以我覺得，後來我投資方面的成功，或多或少都是源自我的母親。

長大後，自己在工作上碰了壁，才真的感受母親的愛。二十多歲時生意失敗，母親無條件替我問人借錢，扛上了債務。別人追債追上門，包括在澳洲的親戚，也曾經找人來追債追到母親頭上。那時候，面對討債的人，那種低聲下氣，要看別人嘴臉的生活，令我覺得她真的很可憐，而這種可憐全是因為我！所以，我完全知道一個人窮的時候，沒有下台階、沒有面子的時候，是甚麼表情。那時候我決心不讓母親再有這樣的表情；另一方面，也不希望其他人有這樣的表情。所以後來別人欠我錢，我都不會像債主一樣去追債，要給人下台階，讓他們心裏好過一點。

母親是個傳統的婦女，常常教我們要當家，要照顧好子女，凡事先以子女為先，以丈夫為先，連吃飯都先讓他們吃，自己甚至只吃剩菜，幾乎不把自己當人。這一套在現代社會早已不適用，不過這句話太「入腦」，我有時也不經不覺在日常生活中實踐。結果就變成在日常吃飯時，都總是讓子女、朋友先吃，自己最後才吃，這早已成為習慣了。

2. 父親

父親司徒忠，開平人，在內地是個大地主；祖父是養牛、宰牛、賣牛肉的。因為父親小時候很頑皮，所以特意讓他娶了一個比他大的女生：母親比父親大兩年，母親嫁父親時十八歲，而父親才十六七歲。十八歲，現在是青春少艾，當時已經是老女人了。因為母親那邊的家人全部都要去美國，但女生因為不懂工作，只能嫁過去，但母親沒有這樣的機會，於是就只有申請我的三個舅舅到美國，母親留在中國大陸，後來就嫁給父親了。

後來家道中落，父親才帶着哥哥和我到香港，那時候他負責接一些工程，我記得他曾帶着我到荃灣做鋸。父親那邊有十三個兄弟姊妹，他是二子，在他的家族中算是個壞小孩，後來娶了母親不久，在四十年代末五十年代初逃難到香港。

父親有一個壞習慣：因為祖父在大陸食大煙（鴉片），父親又跟着食大煙。到香港後，初初在九龍城食大煙。後來沒有大煙，就改為食白粉。我記得，當時因為他，每日「家嘈屋閉」。那時在公共屋邨活動的男生，有一半人都濫藥——男「道」女娼——那時女人只有做「小姐」，才可以賺到錢。

不過，父親很照顧兄弟的，即使他吃白粉，但還是會儲起一點錢，寄給在中國大陸的弟妹。

父親對我的教導，大多是「走精面」的一方面。例如當我住在學校宿舍時，他教我怎樣才能比其他同學多吃點飯。方法是這樣的：人人一開始就把飯碗放滿，越多越好；但他說不應是這樣，應該反其道而行，一開始飯放少一點，這樣，豈不是可以快點吃完，可以快點添飯了？添飯的時候，別人都還在吃，沒人爭，添多少都不會有人理會。

父親是個負責任的人，他沒有甚麼手藝和文化，但他懂打算盤，只是在香港並不吃香，所以即使他想去工作，也沒有人請他，其實他很願意去工作，後來就跟母親一起經營小巴。

3. 兄弟姊妹

由於我們成長在五十年代，那時整個社會環境不好，但我們五兄弟姊妹反而更團結，感情特別好。我小時候帶着弟妹在街上一起撿空的牛奶罐，有人回收的，一個牛奶罐就可換一塊麥芽糖餅（鹹餅乾夾着黏稠的麥芽糖）。有時不小心掉了麥芽糖餅在地上，拾起來撥掉沙塵後，又交給弟弟舔麥芽糖，那份手足感情，不可言傳。那時雖然過的是苦日子，但因為我們都團結，對父母又有孝心，所以生活得十分和諧。

第二部份

事業王國

第一章・賭博娛樂事業

1. 踏進澳門的契機（一）——一件意外

我做小巴的時候，發生了一件事。如果沒有這件事，我可能還在做小巴呢。

八十年代初，有一次，我跟一些朋友到泰國旅行，大家生意做得好，想去輕鬆一下嘛。我們在石硤尾長大的，朋友之中少不免有些幫會背景，這一次到了泰國之後，我才知道，同行友人涉及幫會案件，受到警方調查。由於我跟這些人一起離港，竟然給牽連其中，警方以為我「走佬」、「着草」！

警察來查，我的車行被封了！又找我母親問話。

在泰國剛下飛機，知悉香港情況，我二話不說就想回程。為甚麼？「條氣唔順」呀！整件事都與我無關，又不是我做的，殃及池魚呀！

我性格就是這樣，是我做的就是我做的，不是我做就不是我做。所以我很想回去澄清。可是當我衝去買機票的時候，才發現我的護照不見了。

同行的朋友把我的護照扣起來，他們熟悉我，知道我衝動，怕我回去會出事，所以用這個方法不讓我離開。

之後，我們一行人在想，如果回不了香港，怎麼辦？有人提議去菲律賓，帶着十萬元美金，去玩他們的牌九，最後輸了幾萬；輾轉之間我們卻拿下了半張賭枱（經營權），這個後文再說。

在菲律賓期間，我仍然想着香港的事。我很不甘心，根本就與我無關，為甚麼我要「走佬」？有一日，我拿回自己護照，一個人離開菲律賓，經泰國返回香港。

剛入機場禁區，我就打電話告訴那夥朋友，我要回香港了。雖然是偷走，但也要有「交帶」，他們一直好意待我。

然後，我又打電話給弟弟，要他跟警察說，我將會回香港；也請他知會我的律師，要他們在機場大樓等我。當時沒有手機這麼方便，我在機場打長途電話，就只託弟弟一人辦理。

為甚麼我要主動找警察和律師？因為我要表明，不是你逮捕我的，而是我自己要回來協助調查。

抵達香港啟德機場，過關的時候，只見那個關員神色有點慌張，然後他叫我等一等，我就知道，弟弟已經找了警察。

關員領着三個警察來，一個洋人，兩個華人，其中一個是女警。首先，他們說了一堆甚麼「唔係事必要妳講」之類的警誡。然後，我問：「誰才是負責人？」

那個男警說：「我是。」

我望着他：「我今日回來，是來配合你的。只有一個要求，只要你答應，我都配合你。」

「妳先說是甚麼。」男警也不傻，沒有立即應承我。

「我不要戴『孖葉』，也不想蒙頭。」我那時想，我根本甚麼都沒有做，我又主動回來協助，沒有理由把我當犯人看待。

「得得得！」男警很爽快，可能他覺得，我一個女人，逃不了多遠吧。

當時，弟弟和律師正在接機處等我回來。這一點我倒是棋差一着，原來警察帶人走，是不用經出境大堂的！他們把我運到一幢工業大廈，然後到機場警署，辦理一些手續之後，再去油麻地警署。因為案件發生在油麻地警署管轄範圍，那就要回到那裏，由那邊的警察負責。

到了油麻地警署，律師也找着來了。當時我在口供房，律師匆匆趕到，說：「我是司徒玉蓮的律師……」這時候，我攔住了他：「你不用說。」然後我向警察說：「他是我弟弟請來幫我的律師，但我在機場時答應過那位警司，我會全力配合你們，所以我不需要律師。」

那個律師大驚，說：「這樣不好。」他們讀法律的有讀法律的想法，怕我說錯話，會對自己不利。但我甚麼事也沒有做，只是說真話，又怎會說錯話？所以我還是請他離開。在我的角度，律師只是用來證明我不是被捕，而是自願回來的。他已經發揮了功用，可以退場了。

剩下我一個人，面對幾個警察，他們的臉上都寫着：「爆了爆了，這個女人爆料了！」他們感覺很興奮。

行。

但之後我說的話，卻實在令他們失望。因為我真的甚麼都不知道，原本只是開開心心去泰國旅行。

「司徒小姐，我們不是想知道這些。」他們感到不耐煩。

「我坦白告訴你們，我也不知道，你們是否想我『屈人』？」我理直氣壯的回應。

他們覺得我不是「爆料」，未能說出他們想我說的東西，但我真的不知道，怎說？

最後，他們根本沒有足夠材料扣留我，只好讓我保釋；過了大半年之後，事情告一段落。與我一起去旅行的朋友見我沒事，之後全都陸續回香港了。

2. 踏進澳門的契機（二）——菲律賓牌九賭枱

剛才說過，我們到了泰國，發覺不能回香港，就決定去菲律賓。在那裏，最初只是玩玩牌九，後來發覺那些人只是要一些騙人伎倆，不懂用賭來做生意。「其實不用騙人也可以賺錢的。」他們對我的說話感到興趣，就此一拍即合：雙方合作向菲律賓博彩營運及監管部門 PAGCOR 投了一張在馬尼拉 Silahis 酒店內的牌九枱。經營權雙方各佔一半，我們負責招徠香港的客人。我跟他們說：「賭要跟外界賭，才能收到水份，我們負責港方，你們負責菲方。」他們似懂非懂，但聽我們說，開起了賭局，漸漸上了軌道。那是八十年代初，還沒有自由行，遊客必須要「跟團」，所以我們就當作辦旅行團，帶客人到菲律賓娛樂。

那時正是牌九最興盛的時候，當時還未有多少人賭百家樂。既然不能回香港，我就決定跟他們一起做牌九枱，做下來，成績不錯。當時一起經營的，還有其他合夥人。

菲律賓是我的事業發展上非常重要的地方，後來我亦自資在菲律賓開賭場，為菲律賓賭業也略盡綿力。賭場的名字是 Subic Diamond Casino，有多張賭枱和多部角子老虎機。

這時候，這檔牌九引起了澳門娛樂公司的興趣。

澳娛很快就投了我們的經營權。但他們投了之後，卻遲遲不再營業，當時我覺

牌九玩法

牌九，中國傳統的骨牌遊戲，骨牌呈黑色長形，點數分為紅白兩色，共三十二隻。參與人數連同莊家通常是四人或八人。可以由賭場做莊；也可以從賭場做莊開始，依逆時針方向輪流做莊。

玩法：

一、下注。

二、莊家將所有牌面朝下，然後疊牌，以八排每排四張排列。

三、莊家用骰子擲出點數，依逆時針方向派牌。

四、每位玩家有四隻牌，分為兩組，即每組兩隻牌。玩家可自行將四隻牌搭配，這部份最考玩家心思，因為搭配失策，會由贏變輸。

五、與莊家比牌分勝負。必須兩組都比莊家大才算贏。一勝一負當和，兩組都比莊家小就輸了。

得好奇怪。事實上，在香港逃到菲律賓的一夥人，都因此而丟了工作，生計都出現問題。

我覺得這樣不妥，我要跟澳娛的負責人即何鴻燊見面，於是興起了回香港的念頭。所以，上面說因為要還自己清白而回香港，其實只是說了一半。還有另一個目的，就是我要見何鴻燊。

我在信德中心頂樓跟他見面。賭王樣子我在電視見過了，真人比想像中高大。那時候他已經是賭王了，自然有他的氣派。

一番應酬說話之後，我開門見山跟他說：「何生，你已經是『賭王』，為何還要跟一班烏合之眾為着一張賭枱來競爭？」

何鴻燊說：「我不是這個意思。」

之後，我們認認真真的談有關這張牌九枱的問題，最後我們得出了要在澳門合作的結論。

「把菲律賓這檔牌九，搬回澳門。」我提議。

這是當年「VIP 牌九」的緣起，現時名為「77 號枱」，77 號枱即是那張牌九枱的號碼，那時是澳娛專利。那張枱只有在星期五和星期六營業。我跟何鴻燊說：「讓我試一試吧。在三個月之內，我替你賺三千萬（港元）；如果不行的話，那就原班人馬撤退。我可先給你按金。」

按金從哪來的呢？那就是，當澳娛知道在菲律賓新投標回來的牌九枱影響了十幾個家庭的生計，於是賠償了一筆錢，我們就把這筆「遣散費」賠了給原本在那裏工作的人。結果那些人說要把這筆

菲律賓是我的事業發展上非常重要的地方，後來我亦自資在菲律賓開賭場，為菲律賓賭業也略盡綿力。賭場的名字是 Subic Diamond Casino，有多張賭枱和多部角子老虎機。

錢放到經營牌九枱上，當時我負責管錢。經過再湊合後，就有足夠按金給澳娛了。

最後，由我管理財務。

這是我踏進澳門的契機，大約是在八十年代中。

3. 在澳門的發展：鑽石廳的神話

牌九和百家樂有點不同，賭牌九，最重要的是有枱柱，若果由經營者做莊的話，金額會有所限制；客人做莊的話，便有更多自由度。不過當中涉及賭博的理論，也無謂說得太深入。但這樣一來，我察覺到當客人在牌九局中輸了，便會轉去澳博的賭場玩百家樂。可是，那邊的服務員總是板着臉的，一點笑容都沒有，而且客人贏錢的時候又要被迫抽走佣金，例如客人該得到十個籌碼，荷官總是「自動」、「順手」把當中的兩個留給自己。

客人是來賭場花錢的，我們怎能這樣對待他們？這不是在趕客嗎？

怎麼辦？於是，我「膽粗粗」向老闆提議：「何生，不如把一個賭廳給我營運，試一試？讓我全權管理，培訓員工，事無大小都依着我的要求去運作。」

因為我知道，當時葡京的員工有自己的工會，挺難應付的。何生知道我想嘗試，也樂見其成，

何生給了我一個「開工牌」，方便我培訓賭場工作人員。

百家樂玩法

百家樂投注人數沒有嚴格上限，但每張賭枱有注碼上限。荷官會在發牌前點算注碼，如果超過上限，就會要求客人減注。

遊戲分為莊家與閒家，玩家要猜莊閒的勝和負，除了押注莊家或閒家，如認為莊閒開出的點數一樣，可押注和局；如認為莊、閒任一方一或兩方同時所獲發的牌會出現一對，可押注對子。如果認為莊或閒任何一方能以六點取勝，則押注幸運六。

下注莊贏，1賠1，另扣百分之五佣給莊家。

下注閒贏，1賠1。

下注和局，1賠8。

下注莊對子或閒對子，1賠11。

下注幸運六，以兩張牌取勝為1賠12，三張牌取勝為1賠20。

百家樂一般用八副牌，洗牌後放在發派箱內。先發牌給閒家，梅花間竹，每邊先獲兩張牌，需否補牌，由博牌規則決定。

點數計算方面，Ace當1點，2至9不變，10、J、Q、K當0點。以手頭的牌的總數分勝負，但如果總數超過10，則只計個位數，即15，只算5點。

以點數多寡決定莊、閒獲勝或和局。

於是給了我一個「開工牌」，是給我用來培訓賭場工作人員的證件。為甚麼老闆會給我這個「開工牌」？因為我並不是正式員工，只是來分賬的，員工可能不會聽我的話。這個特別的「牌」，是做給員工看的，要他們知道，我所做的改革，是他授意的。

何生給了我一個「開工牌」，方便我培訓賭場工作人員。

不過，這廿多三十年，我都沒有戴過。因為決定要出這本書，才整理在娛樂場的東西，竟然被我重新發現了這個牌！坦白說，如果沒有這個發現，我也忘了他曾經給我這個牌。事實上，何生一說把這個場交我打理，就全世界都知道了。即使我在狐假虎威，又何須令牌？

於是，一九八八年九月，我便設立了全澳門第一間賭場貴賓室——鑽石廳。

結果，這個賭廳的營業額由一個月港幣二百萬元急升五十倍到一億元！

澳娛有管理層高興得當了我是神！但真正的神當然是老闆，我只是負責執行。

鑽石廳由我經營，但仍然是澳娛的專利，可以升五十倍的營業額，代表這條路線行得通。

二十八天後他們便開了另一個一樣講求服務的賭廳，之後便有上百個這樣的新式賭廳了。

在開第二個賭廳時，澳娛曾特別跟我打招呼，因為那必定會分薄了鑽石廳的營業額。當時我的回應是：「沒所謂的，各自經營。」這是真心話。其實澳娛也待我不薄，我又不是他們的員工，只是來分賬的。現在我經營假日酒店賭場，遊戲規則改變了，跟八十年代完全不一樣了。

這是澳娛的專利，也是老闆的眼光所帶來的收益，他們要取回應得的利益，天經地義。

說回賭廳。在澳娛擁有專利權的年代，只要得其認可，便可以開新的賭廳。那時我差不多每隔一個星期便會開一個新的賭廳，明擺十三張（就是莊家打開牌來跟客人對賭十三張，是鑽石廳首創的）、麻雀（麻將）、牌九等，那時嘗試過許多。發展初期，賭廳還不算多，所以反應都是不錯的，但是到了後來，賭廳越開越多，就變成僧多粥少。澳娛一直無限量地開新的賭廳，貴賓室越來越多，不過我也沒有覺得這樣是分薄了收入而有負面情緒，因為始終都是澳娛給我機會在澳門發展的。

4. 上限八十萬港元的美金賭廳

一開始的鑽石廳是在舊葡京的賭場內，是我們為澳娛開的第一個 VIP 賭廳。初時每張賭枱以注碼十五萬港元為上限。後來我替他們開了一個以三十萬港元為上限的賭廳。之後我替他們在氹仔凱悅酒店開了全澳門第一個美金賭廳，以十萬美金為上限，那也就是相當於八十萬港元。為了這個美金賭廳，我特別在拉斯維加斯請來了一班員工，要有外國感覺嘛；剛開幕時，我以派美金作招徠，大受歡迎。

雖然叫美金賭廳，但制度還是行葡京制。和美國使用的賭額不同，美國是按個人計算，個人額，以一張賭枱七個人為例，每人每局最多可以下注八十萬港元，一局的總額便可達五百六十萬港元。

而澳門則是以一張賭枱作計算單位，上限八十萬港元，意指莊、閒之間投注的絕對差額不能超過八十萬港元，假設閒買五十萬，莊家可買一百三十萬，只要差距不超過八十萬港元就可。

後來，澳娛把其他賭廳的下注上限也加至八十萬港元，然後再增加到一百五十萬、二百萬、三百萬。我們最後開到上限一百五十萬港元後便沒有再加開了，因為我們認為不應該再加大賭額，雖然客人可以要求，但我們永遠都不會開的，因為如果讓客人贏了一百五十萬港元，我們變相有四、五天時間都是沒收入，須知賭場是靠不同賭枱之間的拉上補下來賺錢。

那年代賺錢真的很容易，可是也有風險。美金賭廳也是澳娛派我來負責，甚麼叫負責？即是不論有甚麼意外，都是由我負責。

有一天就出現一個「給死人嚇死」的意外：有個韓國客人在美金賭廳借了五百萬美金籌碼之後，突然因為心臟病發過世！那就代表那五百萬美金必定有借無還，難道追數要追到去地府？幸好澳娛待我不薄，老闆安慰我說：「不要那麼擔心了，可在營運費用內分期扣除。」這件事上，算是澳娛對我方的支持，但相信是因為，他們知道我不是故意走數的，那是一件突發的意外。

5. 照顧客人的家人——鑽石樓

我在八十年代中進入澳門娛樂公司，在一九八八年幫老闆開鑽石廳，繼而在一九八九年底開設了葡京鑽石樓。鑽石樓並不是賭廳，內有酒樓、卡拉ＯＫ、的士高，等等。為甚麼突然在澳門做起非賭業來？也是為了服務客人而已。

賭場除了是娛樂事業，也是旅遊業的一部份。賭場客人，從香港來也好，世界各地來也好，未必一定只有孤家寡人的賭徒，更多是一家大細的親子樂。通常是父親入賭場，那麼母親和小孩去哪裏？那時我們有一個想法，就是希望不入賭場的家人會有更好的待遇。具體要怎麼做？一家人旅行，無非都是吃喝玩樂，所以做酒樓、珠寶行，等等。老公贏錢，就給老婆買珠寶，不是很好嗎？當然，來賭的不一定是男人，但比例較高，我們就循這個方向安排。總之，只要客人來到鑽石廳賭錢，就無後顧之憂，因為家人的娛樂，我們都安排好了。

至於鑽石樓的組成，當時，老闆的三哥何鴻展先生有一間「玉屋」，是賣粥粉麵的，我用一千萬元跟他頂手了。卡拉ＯＫ部份就是興建的；老闆只是提供土地，協助我。

後來因着舊葡京客人轉型，也因為那些歐洲色彩濃厚的高級酒店在澳門陸續落成，不賭的客人有其他選擇，於是便無法繼續經營珠寶店了。

與何鴻燊的三哥何鴻展攝於澳門賽馬會。鑽石樓的服務設施，包括我用一千萬元頂手何鴻展的玉屋小館（粥麵餐廳）。

在鑽石樓的姬莉亞珠寶公司開業，何鴻燊（中）、華連達（左）和崔德祺（右）剪綵。

十姑娘何婉琪蒞臨道賀

何鴻燊（左三）、十姑娘（左二）和幾位澳門小姐來道賀。

6. 假日酒店賭場的經營

我現在是澳門假日酒店董事長，應該談談為甚麼經營這間假日酒店。

在鑽石廳之後，因為客人多，生意好，於是興起了搞外場的念頭，即是在葡京之外開賭場。當時跟一個老前輩劉先生合作，成立一家公司，叫「龍觀」。龍觀先後開了四個賭場，除了鑽石廳，還有文華，和另外兩個賭場。

當時四個場，都由我負責管理，漸漸地，劉太太有意見，也想在管理上分一杯羹。劉先生想替劉太太爭取，就跟我說：「妳隨意給她一間賭廳吧。」這當然不可以，同一間公司，怎可以有兩個制度？

於是，龍觀就決定分家。

這也不是有甚麼怨恨在裏面，只是大家理念不一樣，對管理的看法不一樣，就分開來做，大家仍然是朋友。

那麼，怎樣分？劉先生想抽籤，公平嘛。我說不好，我覺得劉先生即使比我早一日入行，都是老行尊，需要尊重，這是中國人的倫理關係，十分重要，所以我堅持讓他先選。

劉先生覺得，葡京太多場了，競爭太多，於是決定：「我選文華，然後每個月補十萬元給妳吧。」這也是他們那一輩的作風，要公平，覺得選了一個「着數」了的場，就要分回一點利益給我。

龍觀晚宴上，左起：我、何鴻燊、何厚鏵。

無論如何，我就要回葡京鑽石廳。

分家後，我才買假日酒店。那時候，假日酒店是華潤集團的，我原本想向華潤租假日酒店二樓作為賭場，而華潤也有興趣讓一個賭場坐落假日，但因為他們是中資，是不能開賭場的，所以他們提議：「不如用現價賣給你們？」

就這樣出現了假日酒店賭場，大部份資金是向銀行貸款的。最初的經營手法跟其他賭場沒太大分別，但隨着二〇〇二年澳門賭牌開放，賭場越來越多，形成「客少廳多」的情況，客源不夠分配。在硬件上，假日酒店跟現在新開的酒店，尤其美式開放酒店，根本沒有競爭的條件，所以只能在軟件方面着手。二〇〇五年開始，我看到澳門賭場尤其當中介人的角色（在下一章會談及甚麼是「中介人」），前景只有惡性競爭。於是我給假日酒店一個定位：做細水長流的中場廳，不設回佣。佣金，在一些非繁忙時間是有的，但不多。

所以我們現在這間澳門假日酒店鑽石廳，是小型的一間。由於不設借貸，風險較低。

現在回看，策略是成功的。

原本我們想向華潤集團租他們的地方開賭場，但因為他們是中資，不能開賭，華潤集團董事長朱友蘭提議讓我們買下那個地方。圖為假日鑽石娛樂場開幕時，朱友蘭來道賀。

假日鑽石娛樂場開幕，與來賓合照：朱友蘭（左二）和華連達夫婦（中）。

司徒國際控股集團有限公司寫字樓，由信德中心搬到娛樂行，
何鴻燊、何四太梁安琪等來祝賀。

喬遷之喜，各方好友都來祝賀，十分感激：謝賢（上圖）、紀寶（中圖左）、肥媽（中圖右）、陳泰（下圖左）和黃四（下圖右）。

第二章・賭廳營運

1. 一億營業額之謎

上一章說到，鑽石廳增強了服務之後，越來越多客人前來，第一個月營業額由二百萬港元急升到一億港元。難道客人帶來一億現金然後全部輸了給賭場？當然不是。這中間涉及了賭場的營運概念。我們由「殺」這個字講起。

「殺」的意思，就是在賭枱上贏了客人的錢，就是「殺」。但一個月一億，一年十二億，錢從何來？上一回講過，客人輸光再沒有賭注，就會借。但其實並不是身無分文才借的，一般客人豈會拿着幾箱現金來賭錢？又不是拍戲。所以尤其是貴賓廳的客人，都是問我們借錢玩的。所謂借錢，我們也不是真金白銀給他們，而是給他們「泥碼」。泥碼，我們是向澳娛那邊借來的，客人借去澳娛的泥碼，我會出一張Marker，就是借據了。借了一千萬泥碼給客人，然後殺了這一千萬，營業額就增加了一千萬——但其實都是賬面數，紙上富貴。從澳娛借泥碼，再轉手給客人，這就是所謂「中介人」的角色，亦即是「沓碼仔」。何生給我一點佣金，我替他轉泥碼，再借出去。

做中介人好矛盾的。如果不想欠老闆錢，就只有讓客人贏錢，但我沒有利潤。如果客人輸錢，通常都不會即時還錢給我，那我沒錢還泥碼給老闆。

變相，我永遠都要負債。我借一億，我要收回一億，才有錢給他們。但政府收現金，老闆收現金，我就永遠都負債了。如果客人不還錢，怎麼辦？又要多謝何生。他知道這個營運問題，就決定讓我不用立即還錢給他，而是在我們的收入中慢慢扣除。例如我借了他一億，殺了客人一億，但我這個月只收到三千萬，他只在這三千萬中扣除，變相我就可以營運了。

所以說，澳娛、何生一直都支持我，我十分感激。能夠「殺一億」，是因為營運方式變得靈活，這有賴澳娛的配合和何生的首肯，才能成事。

後期何生說，不要轉碼了，反正轉碼也不一定

工作之餘，我也經常跟朋友聚會，放鬆身心。

在一個籌款晚宴中，跟饒宗頤教授（中）、何鴻燊三太太陳婉珍合照。

最後一任澳督韋奇立（右）和夫人（右二），左邊是十姑娘。

經常出席宴會，都會碰到八姑娘何婉鴻 (左) 和何四太梁安琪 (右)。

能「殺」那個客的，就歸我，跟我分賬。

這中間有千絲萬縷、很多的改動，但都有我們的「着數」，這些不能昧着良心，一定要說出來的。

2. 培訓員工令賭場改觀

鑽石廳的營業額由一個月二百萬急升五十倍到一億，當時何生指出一個方向，至於具體怎樣做，這些「粗重工夫」，就要我去想辦法了。那麼，我究竟做了甚麼改變？

何生說，賭場的員工沒有服務質素，只要加強服務，就會有更多人願意來賭場玩。我到賭場走了一圈，發現不是沒有服務啊，我們有出色的公關，只是都在 VIP 廳，招呼有錢人、達官貴人。當時覺得，有錢人一鋪幾十萬上落，當然要得到更好的招呼。但我想深一層，這些 VIP 廳客人看九鋪、十鋪才買一鋪，這真是我們應該重點招待的客人嗎？相反，外邊那些普通客人，可能每鋪都只是下注一千幾百，但他們可是鋪鋪買，贏又買，輸又買，重點是人多。VIP 廳有十個人，外面賭枱有百多個人，為甚麼為了照顧這十個，而放棄那百多個呢？

於是，我想到一個原則：只要進入鑽石廳，無論你買多買少，甚至只看不買，總之人人都是 VIP，他們不是賭仔，是貴賓。我要每個客人都有賓至如歸的感覺！

於是，我着重培訓公關，要每一個員工，都是VIP廳的水準。首先當然要訂立一些規則，以往，當客人贏一萬時，他們便從中扣了一千，這樣的服務在當時是常態，但改革之後就無法接受了，我寧願加荷官人工，都不願讓你在客人身上抽佣，客人贏一萬，就要給足一萬；客人贏十萬，全都是客人的，荷官不得抽取一分一毫。

然後，我亦要求他們禮貌、有笑容、有茶水汽水服侍，對客人每一個問題，都細心回應，例如他要玩角子老虎機，服務員可以迅速指向正確方向；他遺下了手錶，我們可以替他保管着，等他來取。賭場作為服務性行業，必先做好服務配套，以客為先。總之，我要讓客人無論輸贏，都有一份榮譽感。這樣，客人回去後，就會心思思想再次享受我們的服務，第二日就會再來。

這就是鑽石廳的營業額急升的其中一個秘密。

當然，後來所有賭場都學了我的一套，而且精益求精。當年的改革，現在已經是基本服務了。再加上時代不同，相對以前的監管，現在是嚴格得多了，在金錢方面也是，以前當客人贏了錢，我們還是自己寫支票給客人，娛樂公司會按月結算。

3. 安家費——員工的重要

在澳門，除了賭場，我還經營麻雀館、酒樓、珠寶行、帶團，等等。有這個機會，最主要是何生給我機會，而我帶了一些新的知識進去，沒有人會來爭拗，變相我們工作起來就一帆風順。那時我是和前輩劉先生合作的，他也明白自己所使用的一套管理已沿用多年，所以也放手讓我改良，當然還有何生願意聽我意見。

不過，也不要忘記，賭業是偏門，偏門的生意，就有偏門的危險。那時的澳門沒有麻雀館的，所以我們是從香港聘請員工到澳門工作，包食宿的。每次出糧，都在員工的薪水上扣0.25%，如果一切正常就沒事兒，但遇上非死即傷的意外，那就是一筆安家費了。

這筆扣賬一直寫在賬單上，相安無事。直到有一個員工，是我的親戚，因為自行取了麻雀館茶錢而被辭退，被辭退後他拿着賬單告發我扣下他的薪水，於是引發了一場官司。這樣的官司，即使會輸，我還是要打。因為這0.25%，是象徵在澳門工作的風險，也是讓員工無後顧之憂的保障。

不過，這場官司之後，我就沒有扣這筆錢了。但我的出發點是好的。

在很多情況下，我都覺得員工才是公司的支柱，尤其是我們做服務性行業，老闆更是不可能二十四小時都站在那裏的，老闆走開時員工做得不好，那就等同在倒老闆的米。所以好多時我自己想的營商方法都是將心比心。所以要跟員工建立一份感情。我的心態是，夥計才是老闆。好簡單，如果我去一間酒樓，夥計派碟好像玩「小李飛刀」一樣，你叫我下次去飲茶我都不要！做賭業一樣，員工是甚麼面貌，賭場就是甚麼面貌，我們的硬件永遠都是不足的，永遠都是用軟件補救，而軟件就是服務。所以員工是要訓練的，雖然我們自己沒有做過，但我們經歷過，我們知道消費者需要甚麼。

4. 隨時有得賭——香港客人的心理

除了員工的心理，也要了解客人的心理，那時候，香港是最主要的客人來源。

現在有港珠澳大橋，但八十年代香港人要過澳門，就只有在上環信德中心港澳碼頭或尖沙咀中國客運碼頭坐船，前者客流量較多。何生的集團是信德中心包括港澳碼頭的大業主。我跟何生說：「老闆，如果我要幫你做娛樂場，你必須在香港給我一個辦公室。」為何會有這個要求呢？因為我知道，信德中心是來自香港的客人必經之地，我們是服務性行業，是要讓客人覺得方便，所以應該在這裏設辦公室。最後何生出租信德中心西翼一樓和三樓的兩個辦公室給我，後來我跟劉先生的公司分家時就剩下三樓的一間，直到如今，一租便租了幾十年。信德中心西翼四樓前身是聯邦酒樓。

信德這個辦公室主要是用來做甚麼？答案是派船票。當時鑽石廳是第一個在香港信德中心設立服務部，向客人派去澳門的船票。目的很簡單，我要他們更方便來賭場賭錢，只要「癮頭起」，來到信德中心，就有船票過澳門。

但這樣也不足夠，仍然不夠方便。當時，來往香港澳門的水翼船（即現在的噴射飛航（TurboJET））在晚上六時後便不開船，後來有了夜船，最後一班也只是在十時開出。

於是我向何生提議：「要不開到十二點？開通宵也可以的吧？」

他想一想，又覺得有道理。在香港，麻雀館晚上十二時便打烊，而那些賭徒是賭性不改的。香港為何可以盛行賭馬、賭波、打麻雀？但在澳門，就完全相反，不曾盛行賭馬、賭波、打麻雀，為甚麼？因為這些賭法都太慢熱了。既然有賭場，何以還要等到特定日子和時間才能賭錢？當我知道澳門賭徒的習性後，便沒有經營麻雀館了。

香港也一定有賭癮不輕的賭徒，只要水翼船開通宵，他們癮起，隨時都可以來。

而且，我要營造一個客人可以隨時來，也可以隨時走的氣氛。以往有一個說法：有客人在賭場贏大錢，澳門馬上停船，不能走，賭癮起，就繼續賭，結果倒輸回來。我常常說，開餐廳怎會害怕人來吃東西？開賭場怎會害怕人贏錢？客人贏了錢，回香港，只要我們服務好，他們總會回來。

一九九三年，噴射飛航改為廿四小時服務。

這樣夠方便了吧，廿四小時都可以賭。但我還想加碼。香港人越肯賭，越要派頭。我請何生，在每艘船中，用圍板開設幾間VIP房，我要讓人感覺到，一上船，就是我們的VIP了。

一九九三年，在信德中心頂樓的寫字樓，我跟歌星黑妹（左）和華潤集團董事長朱友蘭（中）合照。

來往香港澳門的水翼船——噴射飛航（TurboJET）。

的確，船多了，香港來的賭客也真的多了很多。跟香港客人越來越多接觸，我也發現了香港人賭錢的一種習慣。

香港客人通常不是有多少錢便賭多少錢，而是輸光了還會去借錢繼續賭，在個人體驗上，這是很恐怖的；但我們做「偏門」，借錢給客人就變相是令到生意額加大的做法。

「拿一千萬來。」香港人的豪氣，如果不說明的話，還以為是指日圓呢。可是，我何來有那麼多一千萬借出去呢？這就要說何生的好，他會借籌碼信用額給我，讓我再借出去。借出五千萬，那就可以分賬以五千萬來計算；借出一億，那就可以分賬以一億來計算。有借錢才有生意，不過也有機會無法把錢收回。很多年前我便知道這情況了，於是我決定：只要是小型賭場，訂立堅決不借的規矩，也不要「沓馬仔」，不設回佣，更絕不牽涉黃色事業。

5. 賭場講「抽頭」——讓客人對賭

開賭千萬不要望「殺」，最好是靠抽佣。對賭場來說，如果有兩個大客，或兩幫人，由他們對賭，我們抽佣，才是最正常的做法。但如果只有一個大客，偏了一邊，代表賭場永遠跟客人賭，而賭永遠沒有人必贏，即使賭場會贏，都只是贏幾個巴仙。但賭場有營運成本，夥計人工、燈油火蠟，賭枱上的贏，在全局的角度不一定是贏。

假使一個客人，他輸給我們，當然沒有問題。但贏了的話，他走了，錢就流出了，我們需要相對的客人輸給我們，做一個平衡。所以，客人越多，平衡的機會越大。因此我們不只看澳門和香港，還會放眼外國，去日本、韓國、印尼，所有的地方，搞旅行團，吸納世界的資金。例如今天日本跟泰國客人都來了，就日本對泰國，有得鬥了吧，十萬元一張枱，注額分分鐘四五百萬，因為對賭雙方差額不多於十萬就可以了，大家對賭，我們求水份。

日本在金錢上沒有太大出入境限制，只是多數人都不會來賭，同時來賭錢的也不會有現金準備，而且當他們想賭時也不會相信我們，日本人和中國人，始終隔了一重。當時在日本有一間好像 7-11 的連鎖便利店，二十四小時的，忘了名字。我找懂日文的人跟他們洽談，只要日本客人放了錢在他們公司，然後他們傳真信用證明（L/C）給我賭場，我就可以提交信用證明給何生，他就會經我把籌碼交給客人。便利店為甚麼願意替我收錢？因為我們三十日至九十日內才會取回，變相他們在這期間會多出這一筆流動資金。這樣我更有保障，跟何生要錢的時候也不怕沒錢還。

以前跟何生還有其他拍檔，都一直在想方設法找客人，從賭場內的服務到世界各地如何找客人，那是一個澳門賭業最輝煌的年代，我有幸躋身其中，算是有點貢獻吧。

二○○六年一月，澳門假日酒店和澳門假日鑽石娛樂場以全新形象隆重登場。
一眾嘉賓包括時任澳門社會文化司司長崔世安（左四）、澳博集團主席何鴻燊（左三）等一同為娛樂場啟動了一台巨型風車，寓意娛樂場生意「風生水起」。
主禮嘉賓包括：中聯辦副主任徐澤、經濟財政司司長譚伯源、社會文化司司長崔世安、博彩監察協調局局長雪萬龍、旅遊局局長安棟樑、澳博行政總裁何鴻燊、香港新世界集團主席鄭裕彤、司徒國際集團主席司徒玉蓮、黃金集團主席李志強、世紀建業集團有限公司執行董事曾昭政及洲際酒店集團中國區營運副總裁 Bruce Mckenzie 等。

在假日酒店大堂舉行的開幕剪綵儀式。左四是澳博集團主席何鴻燊，左五是時任澳門社會文化司司長崔世安，右二是鄭裕彤。

開幕慶典的舞龍儀式

澳門假日鑽石娛樂場
重新裝修後的外觀

為慶祝假日鑽石娛樂場重新開業，澳門賽馬會特別在氹仔賽馬場舉辦了一場「澳門假日鑽石挑戰盃」。

何四太梁安琪

多位藝人包括草蜢、彭健新等亦有到場助興，場面熱鬧。

6. 日本黑幫大鬧賭場疑雲

在我剛進入澳娛的時候，在那個年代的大環境，也是要靠「社團」的，但在我的層級上所涉足的江湖事也真的不多，不過我有份涉足的，每一件都不簡單。做到我們這個階層，難免和世界各地的黑道也有接觸，例如在日本。

在日本，比較常見於黑幫的形象，就像電視所見的，例如手指可能只有八隻，又或是八隻半。其實我也不知道他們是否失去了手指，也不知道失去手指是不是跟幫會爭鬥有關。

話說某一天，三更半夜，突然接到賭廳的來電，說有個日本人不發一語，在賭枱上放下錢包就走了。我們本來有三張賭枱可用，你這樣放下一個錢包，那我不就只剩下兩張賭枱可以用？我當下只好先洗了一個冷水澡，再親身到賭廳一看究竟。到了賭場看錄影片段，發覺那個日本人一直只拿着籌碼，還未下過注，在「叮叮」打鐘聲（代表「買定離手」）的瞬間，他下意識地拿着籌碼靠近賭枱，下注了，當時日本人覺得他還沒拿定主意，想把籌碼拿回手中，但荷官認為「舉手不回」，事實上他真的下注了，錄影片段明顯見到他的手離開了籌碼。最後，荷官一開骰盅，他就把最後的籌碼也輸掉了，之後便放下錢包，回到酒店房間睡覺。

表面上，荷官沒有錯，那日本人的確已經買定離手；但我覺得，作為負責任的荷官，應該一眼關七，遇上猶豫的客人時要多提醒一句；我們做生意的，要主動避免不必要的爭拗，不要讓他在沒下定主意之時下注，弄得客人尷尬，不高興。

我只好立即帶着一個日本翻譯，到他的酒店房間外敲門，想處理好這件事，也想跟他交一個朋友；可惜等了半小時，他還是沒有開門，我只好回到賭廳等他，反正他無論如何都要回來拿錢包。大約一個小時後，他終於出現，我便跟他說，看過錄影帶之後，發覺是我們的同事做得不好，但是本來就規定了有打鐘聲後便要繼續賭局，那他也是同意繼續的。怎樣也好，就當交個朋友吧！之後我便叫同事拿了一百萬元籌碼來，我跟他一起賭，最後讓他贏了一點錢回去。

第二日，這個人又來找我，我們才正式成為朋友。原來他是日本黑幫的一個頭目。這事件讓我認識了在東京的一群黑幫。最有趣的是，他們向我說明，他們東京的黑幫和銀座的黑幫是不同的，囑咐我如到東京的話，千萬不要亂跑。他們說的時候神情十分認真，讓我也覺得真的很恐怖呢。

認識他們之後，每當我到東京旅行，他們也會派幾輛車來接我，還會送些禮物給我。賭場就是一個連結五湖四海、不同階層的地方，誰說在澳門賭場只會見到澳門的江湖人物？日本黑幫也會來我的地方玩呢！

第三章・海外發展

1. 海外投資

我的第一個海外投資，跟賭博沒有關係。上世紀九十年代左右，我通過澳門御用大律師華連達，在葡萄牙買了一個山頭，養鴕鳥的，用來投資移民。後來當然沒有移民了。二三十年前投資，二三十年後收回一樣的投資本金。現在那個山頭歸華連達公司擁有。

至於賭博，我在香港，從來

我的第一個海外投資，是通過澳門御用大律師華連達，在葡萄牙買了一個山頭，用來申請投資移民。圖中是在龍觀晚宴上，華連達唱卡拉 OK。

都沒有做過跟賭業有關的事業，地下賭場也沒有，但從小住的地方有很多潮州人喜歡賭博，加上我們小時候很反叛，誰去賭便跟着誰，舅舅以前還會跟着警察「收片」（向坊眾收保護費），去九龍城寨「收片」。所以我們小時候已經習慣這樣的生活，後來只是將多年來累積而成的構思放到澳門而已。

在澳門站穩陣腳之後，我們把目光放在世界，把市場做到印尼、日本、泰國、韓國等。我也曾到過越南越北、菲律賓等地方發展。在越南頭頓，那裏的第一個賭牌，也是我公司投得的。曾經試過借錢給越南客人，一千萬美金，客人後來還錢，豈料大額美金在越南原來無法出境，只可以放在越南，我真的上了寶貴的一課。

不過，即使在多個地方發展過賭業，還是以澳門作依歸，畢竟在澳門的人脈關係比較多。

2. 跟西非布吉納法索總統的來往

說到海外投資，不能不提布吉納法索（Burkina Faso）

一九九〇年至一九九四年間，我跟華潤合作發展西非貿易，那是一個鄰近象牙海岸的國家——布吉納法索，盛產黃金。

那時我到過當地考察，不過因為不懂得黃金和貿易，於是便找上跟我很合得來的華潤董事總經理朱友蘭合作，以華潤在中國的關係來擔當買手。為甚麼我會跟布吉納法索拉上關係呢？那是因為有位西非商人在澳門賭場認識了我，他原本是代表這個國家跟法國做生意的。布吉納法索自一八九六年開始便是法國的屬地，一九六〇年獨立之後一直沿用法國制度和文化，至今仍以法語作法定語言，而當地採掘的黃金一直都是送到法國的。後來認識布吉納法索總統後，他還送了一塊很大的黃金給我，說是九九九金，我帶了一點回香港檢驗，才發現當中只有百分之六十至百分之七十是黃金，其他都是雜質。

西非商人跟法國的貿易物品是花布、西裝、空調、電單車、工藝品，以及中國糧食，例如米。有一次，西非商人打開了法國貨物裏的幾個麻包袋，在其中一個發現寫上「Made in China」，於是他便估計法國人先在中國購入物品，再轉售給他們國家。於是西非商人到澳門賭場賭錢時便找上我的秘書，問她：「你們老闆做不做西非生意？不是跟我做的，是跟布吉納法索總統做。」那時布吉納法索總統提供了非常優厚的條件，一個免稅倉，我們的商品進入免稅倉是免稅的，所有非洲國家人民到免稅倉購物時便要繳交稅款給布吉納法索，而我的收入是賣商品得來的純利潤，不必繳稅。當時我主要是做他們的軍服。

後來，布吉納法索總統想擴充這一門生意，於是便帶着我到了幾個非洲國家。所以我跟西非其他國家也做過一段時間的生意。

一九九〇年至一九九四年間，我跟華潤合作在布吉納法索發展西非貿易。
一九九三年十二月十五日，在布吉納法索大使館，跟布吉納法索總統合照。

在布吉納法索大使館，跟中國駐布吉納法索大使合照。

同年十二月十四日，布吉納法索總統贈送我黃金紀念品。

同年八月五日，跟布吉納法索總統夫人席上談笑風生。

對於跟西非其他國家貿易，朱友蘭有她的看法：「你千萬不要相信他們，他們很沒信用的。」聽到她這樣說，我當然會相信她，因為我不曾跟非洲人做過生意，而華潤有着如此龐大的規模，這說話一定是跟非洲人做生意的經驗之談。於是我想了一個自保之法：我跟布吉納法索總統的秘書長協議，開始時，雙方各放一百萬美元在銀行聯名戶口。我們運載商品的船一般三個半月左右就會到達布吉納法索，而我跟他們的合約就寫着：必須在商品到達布吉納法索後的九十天內付款，但其實我們一直都用他放在銀行的錢來買貨。

後來發現，他們不是沒有信用，只是懶惰，他們懶惰得看到單車車胎爆了，寧願整輛扔掉也不會修補車胎。一九九四年，當布吉納法索與台灣建交，華潤就退出了西非貿易，在沒有買手的情況下，我也只好一併退出。當時各自存在銀行的一百萬美

跟布吉納法索合作的免稅倉

一九九三年十二月十六日，在布吉納法索參觀棉花廠，見到搬運棉花的工人，辛勞工作。

元，他們完全沒打算來取餘款，但是沒有對方的簽名，我也無法取回我自己的那部份，結果他們寧願簽署授權書，也不願意親身去取，你說，是不是懶惰？

還有一件事，當時華潤告訴我，如果要到非洲任何一個國家，第一件事都是要先到當地的中國大使館，因為萬一發生甚麼事，大使館都可以為你提供保護。在我做貿易的經驗來說，大使館其實也很有掣肘，因為他們會告訴你哪些貿易是不可以做的，但其實對於一個商人來說，又怎會有東西是不可以賣的呢？不過大使館所考慮的因素，都是與國家有關。對非洲國家來說，因為當地盛產棉花和咖啡，所以想用棉花與中國做交易，可是中國並不缺棉花。所以在我以往的經驗，當貿易中有大使館插手下，多數都會變得麻煩。不過合作夥伴之間當然要有一個溝通點，在我甚麼都不懂的情況下，那就更要尊重大使館了。

3. 沒人睡覺的賭船

九十年代中期我去了北京（下章詳述），在一九九九年左右回到澳門時，發現澳門社會正經歷着較混亂的時期，因此便去了發展賭船。

經營賭船，首先在一個小國註冊，平時像一艘普通郵輪在碼頭停泊，離岸之後一直駛到公海，就可以開賭局。而在港澳地區的法律上，在航空器和交通工具上從事博彩業，並不違反相關法律規定，不必交稅、也不需政府授權、更不在警方監管範圍內。這豈不是「無王管」？

不，還有何生。何生一聽到我要經營賭船，他就說：「妳可以買船，只是賭場要交由我經營。」

於是，我開始經營賭船，那條船我命名為「樂濤號」。

我的船沒有電視設備，但是很潔淨。沒有電視機是因為我們在晚上八時上客，九時才開船到公海，到翌日早上六、七時便開船靠岸，中間也只能經營八個小時左右，客人要不就去睡覺，要不就來賭錢，又怎會需要電視機呢？

後來，我們賺了錢，澳門社會風波也平息了，所以在經營賭船約兩年後，二〇〇〇年十一月，我把船賣給了別人。何生也就不再租船上的賭場了。

話說回來，何生說用六百萬元租我的賭場，其實代表他每個月用六百萬元來支持我的船。

在我的價值觀中，如果我能夠吃魚翅，那其他人都可以喝雞湯。以前，我們因為太旺，太多人因為要賭錢而來澳門，帶給移民局和海關許多麻煩，所以那時我們與差不多全個澳門的船務員、海關和移民局都保持良好關係，跟這些部門搞關係並不是要做甚麼非法的事，最終目的還是希望方便客人。舉個例子，如果客人沒有船票就不讓他坐船，那我豈不是少了一個客人？所以，他最後還是可以下船的，因為當局知道我們能夠承擔到這個責任。當然，現在更多人來澳門，這些突發情況已經有更系統的機制處理了。

還有，在經營賭船時，有一件事，值得記下來。當年東亞南地區對金錢的流出流入，管制得很嚴。有些客人在賭枱上贏了錢，或帶一些錢來賭但賭不完，都想找一個可靠的人，把錢放在那個人身邊，等待第二次回來再賭。他們選擇了我，把錢放在我們的牌九枱中。

牌九枱一直營運，有時我們真的會沒有那麼多流動資金，那就只好動用這一筆交付給我們的錢，以解燃眉之急。而每次用掉別人的錢時，我都會作記錄，然後還給別人。例如有個人一開始放了一百萬元在這裏，再回來時發現有一百零三萬元，會問我為何這樣，我會向他解釋，因為我借了他們的錢周轉，所以有利息，云云。他們覺得我「均真」，有信用。

所以當我沒錢買船之時，都是菲律賓人、泰國人等當初開菲律賓牌九檔時幫助過的人，借錢給我去買的。我十分感激，就在他們借錢給我時，我說會把船的股份給他們。他們說不要，但我還是執意分股份給他們，以作報答。試想想，菲律賓牌九是八十年代初的事，我從北京回來是一九九九年，他們相隔二十年，回報了我當年的幫忙。

第四章・大陸及香港的投資

1. 白洋淀事件

——投資

一九九六年，我在北京出事了，由董事長變成階下囚。

作為一個中國人，我雖然在世界各地都有些投資，但也會幻想有天能發展中國大陸的土地，像香港一樣——這想法，後來也開始實踐了。

一九八九年「六四」後，我身為十多億中國人的其中一人，不明白其他人為何不回大陸，明明共產黨也沒有加害於我，對嗎？我的想法跟別人不一樣，可能當時我比較自我吧。那時我在賭場內認識了前副總理王震的秘書唐玉，也是因着他的引薦，我才能到大陸投資。當時我在河北白洋淀買了十點八三平方公里的土地，即現時新發展的雄安新區。當時用了數十畝地建了白洋淀溫泉城，內裏有四間酒店：一間是蒙古包，一間是青年宿舍，一間是四星級酒店，還有一間是超五星級酒店；當然還有娛樂城，有「的士高」，又有湖畔餐廳，好浪漫的。我給它起名為「姬絲汀娛樂城」，我的英文名叫 Christine 嘛。我希望將那些土地發展成非洲貿易會的貿易會場，變相讓外國人全年都能在這個會場購買中國的產品。

從一九九二年起，我每個星期都要從北京到白洋淀考察，光是車程都要幾個小時。為甚麼會選擇白洋淀呢？因為唐玉的家鄉在雄縣，所以便帶我到那兒發展。當時我正和華潤合作進行西非貿易，華潤的總經理董事長朱友蘭便跟我說：「你不了解我們的社會主義，共產黨的企業不像其他的企業，需要上呈下達的，公司的股份上絕對不可以比我們多。我們合作吧。」於是，這個項目由香港華潤集團和司徒國際控股有限公司共同投資。我們協議由投資五千萬元人民幣開始，當我投資五千萬元時，他們也會投資相同的金額，在股份上，一直維持五五比，而管理權和人手都歸我處理。

當時我在白洋淀投資了五億，比華潤多一點，但在股份上還是維持五五比。然而因為作為國企，他們還是會有些限制，所以那些他們不同意的項目，風險就由我來承擔，好讓萬一出事之時，華潤仍能全身而退。

然而，從零開始建設一個社區，基礎建設是不可或缺的，於是我便提議由我負責建路，所以，雄縣的馬路是由我負責興建的。早些年前，還有我的照片放在那邊的，近年就消失了。這些舉動也是希望能將我的認知帶到中國，也把我對國家的情懷實踐，當時希望將在非洲貿易會賺到的錢去建設當地，好讓當地發展起來，能自給自足。

同時，因為我看到澳門荷官的態度欠佳，又常有罷工事件，因此我便想着要在這裏培訓荷官，

白洋淀溫泉城設計圖

一九九二年十月二十日白洋淀溫泉城奠基典禮動土儀式

在人民大會堂舉行的白洋淀溫泉城奠基典禮答謝招待會上致辭

興建中的白洋淀溫泉城

白洋淀溫泉城是一個娛樂休閒中心，有洋房、過山車、教堂、歡樂世界等多元設施。
（見上圖及後頁各圖）

CHRISLAND
姬絲汀
FUN WORLD
欢乐世界
TICKETS

'97 4 22

一九九三年，在信德中心寫字樓，我跟華潤集團董事長朱友蘭合照。

這是我在白洋淀的愛爾蘭合夥人

然後送到珠海待命，一旦澳門賭場發生罷工事件，便可將珠海的荷官調派到澳門，以便有足夠荷官維持賭場運作。因此，我便從澳門娛樂公司調派了兩位員工到白洋淀進行荷官培訓，在培訓期間，為了讓一切更為逼真，我們便自行製造了些籌碼。可惜因為我不了解國情，不知道國家是不主張賭業的，所以最後即使培訓了荷官，也無法按計劃調配。

事情原本一直向好，他們還帶我到人民大會堂，但轉捩就在前副總理王震的秘書唐玉身上。唐玉好賭，利用白洋淀項目威逼朱友蘭借錢給他，但正直的朱友蘭認為那是國家的錢，並不是她私人財產，所以拒絕。唐玉因此告發我在白洋淀利用荷官培訓而開賭，又說我跟朱友蘭暗中有金錢轇轕。

那裏只是娛樂城而已，載歌載舞，沒有牌九，沒有百家樂，為甚麼會說我開賭？原來指那裏有老虎機。九十年代的白洋淀，五時許不到六時便天黑，入夜後多見地、少見人，所以為了把晚上弄得有氣氛一些，我們就用老虎機來吸引客人，而老虎機都是由其他人提供的。

跟國務院副總理鄒家華見面

建設白洋淀溫泉城時期，跟國家官員等人合照。前排左四是時任國務院副總理鄒家華，右四是中共中央顧問委員會常務委員余秋里。

在北京人民大會堂舉行白洋淀溫泉城奠基典禮答謝招待會的盛況。當時哪會想到日後的會有一百八十度轉變？（見上圖及後頁各圖）

National
Video Camera

無論如何，事件讓中紀委起疑，認為我是「南方之槍」，覺得一定有數日不清的情況出現。

軟禁

一九九七年一月，中央專案組派出五百警力，以「特大賭博案」查封了姬絲汀娛樂城，我被罰款。另一方面，溫泉城全面停工。

當時我不在白洋淀，政府派人關押了我的員工。這些員工來自澳門、香港和加拿大。朱友蘭當時勸阻我回白洋淀，因為事件比我想像中要複雜，而中央政府也不會因為我回去而釋放那些員工。然而，我沒有理會她的勸阻，因為作為老闆，又怎能丟下員工不管？所以我一定要回去的，一條船的船長，是不應私自離開的。最後，我還是回到白洋淀。

我回去後，他們立即軟禁我，有接近半年不許我跟外界接觸，然後調查我和朱友蘭之間的金錢來往，又調查公司的賬目。那時他們一直審問我是哪位高級幹部指使的，是朱友蘭嗎？又說只要爆料，我就能獲釋。可是我回答他們，明明是我害了朱友蘭，是我不聽朱友蘭勸說而來這裏發展的，又怎會是她指使的呢？

他們又給我看一些照片，是某些領導人，問我是否認識，我說「不認識。」「你說認識就可以回去啊。」「不認識。」

經過調查後，他們又說我貪污，說我秘密開了三間製衣廠。原來，有人瞞着我，拿我的身份證

我跟朱友蘭考察白洋淀

去銀行借了幾百萬元來「投資」！中紀委更説有製衣廠員工指我是他們的老闆。

「你們的老闆是誰？」「司徒玉蓮。」「那你看過她嗎？」「見過，在照片中。」

他們的文件全都有我的簽名，是仿照其他文件的副本，再用番薯印過去的。

這真是荒謬。我根本就沒有犯錯，是當地政府批了營業證給我，我才去投資。如果認為當地政府貪污，由於我不懂得國情，我可以配合他們調查，但最後那位給我辦理營業執照的保定市行署專員姜殿武被判入獄十年，而我則是無辜陪葬。試想想，哪有案件有兩個被告卻沒有原告？批出牌照的是被告，經營的也是被告。

出逃

當時我和部份家人都在白洋淀工作，所以一同被軟禁。那段時間，我的母親剛好過身了，當局也知道，所以覺得必須盡快判決，如果再不宣判的話，我便會走。

而的確，我也在計劃離開。

那時，公司的員工每天都會拿飯給我們，我們會把紙條放在餐盤下溝通。知道母親逝世後，我知道一定要走，於是我當天特別在紙條寫着：「今晚必須走。」用甚麼方法？當然不能堂堂正正由正門步出去，那時我住在宿舍三樓，員工收到紙條後便在地上放好床墊，打算讓我們在入黑之後，跳窗逃走。

三樓跳落去都不算高吧，而且有床墊。當時年輕，覺得沒有問題，現在想起來，出逃失敗可能是國家救了我一命。

我們一家人都整裝待發。我住三樓，常跟住在二樓的外甥喊話，我說：「醒目一些，今晚走，要『醒瞓』。」

他回應得也很醒目的：「姨媽，放心吧，你到時開水喉吧，妳在三樓開水喉，我二樓就會聽到。」我們還發明一個裝置，我找一條繩，連着我倆的大腳趾，中間拉着一個牛奶嘜（罐）；到了逃走之時，我用腳趾一拉，牛奶嘜噹噹聲響，吵耳極了，但這個外甥，竟然都可以熟睡得不省人事！

如果他醒瞓，我一早就走了。

就是因為誤了這些時間，到我準備好跳窗的時候，突然發現有很多大光燈照射到我們的房間，地面上一輛又一輛軍車出現，是走漏了風聲還是甚麼的？我不知道。我只知道，當時我成為了「舞台的焦點」，只要爬出窗，可能就有一百發子彈招呼我，怎麼逃走？

逃不掉，就要接受坐牢的事實。這件事除了讓我難受，也成了我一生的遺憾，因為無法親身見母親的最後一面，也無法送殯。即使有擔保，中紀委還是不放我走。

後來知道，當局的情報真的很強，我有一個跟了我幾十年的夥計，幾日就給他們收買了，所以他們才知道我的出逃計劃。

——入獄

於是我正式入獄，那裏叫「滿城監獄」。其他親戚、員工，有外國國籍的，向政府人員出示外國護照後，在得到外國領事館的幫忙下，很快就重獲自由。只是有一個加拿大國籍的會計要在我回到白洋淀後才獲釋放。最後只剩下四個人要坐牢，當中包括我和兩名澳門員工，兩名澳門員工判刑較輕，我是判得最重的一個。

在獄最初，有些人於夜半攝氏零下十多二十度不睡，還在陪伴着我——因為他們擔心我受不起打擊，會去尋死。我滿不在乎的說：「現時是犯人身份，怎會帶着董事長的心態呢？」曾有個女警問我：「董事長要吃甚麼嗎？」我回答：「跟妳一樣就可以了。」其實她是想告訴我，我可以有些比較好的待遇，但我不敢犯法。後來有一天，我在公園裏看到另一個犯人，他的菜式很豐富，一問女警之下發現，原來是犯人私下付錢的。其實我在外面的朋友已經替我付錢了，但他們不讓我跟外界接觸，我甚麼都不知道，所以一直都不肯吃好一點。

後來我跟監獄的人也混熟了，他們都知道我是個生意人，到哪裏都會做生意，因此他們請教我，如何讓監獄轉虧為盈。我說：「犯人只是失自由，為何不可以把他們化為勞動力？」於是我便把酒店的被套拿到監獄來清洗，我又跟愛爾蘭做娃娃的商人合作，讓監獄裏的女犯人做娃娃。後來監獄真的有盈利！

幸好的是，我在獄中沒有受過虐待，反而學懂了喝白酒，因為經常和獄卒喝二鍋頭。不過，剛開始的六至九個月，還是很煎熬的，要我們這些南方人在攝氏零下十多二十度的氣溫下生活，真不容易。那裏的女人也會穿四至五條褲，而我就只穿一條，頂多加一對襪子，拿着小刀在戶外除草，那兩年就這樣生活。不過在那裏，讓我了解到更多國情。

當年司徒華還在生的，他曾登門去找我的弟弟傾談，他說：「我要你姐姐在一九九七年香港回歸前獲釋，只要按下傳真鍵就可以讓全世界都得知此事。世界是民主的嘛！」當然，那時國家的發展沒有現在健全，所以我在大陸做過的生意，在蘇州、白洋淀、廣州和清遠的投資，沒有一單是賺錢的，可說是全盤失敗；不過我從來都沒有覺得不值，因為我覺得身為中國這個家庭的一分子，要是連我都貶低自己的國家，外國人又怎會尊重我們的國家呢？因此我只會覺得在中國內地投資失敗是因為自己對國情不夠了解，也遇不到對的時機，所以只可以靜候，希望有天能還我清白，雖然在那時候還沒有，那就當我是暫時付出好了。

——逃獄？

南方人跟北方人不一樣，我們南方人習慣要天天洗澡。但入鄉隨俗，而且我還是坐牢的身份，也不好意思多多要求。後來因為跟獄卒喝白酒，和令到監獄可以自負盈虧，我跟監獄的上上下下都熟稔起來。在坐監的最後半年，有一天，他們覺得我身體不好，決定帶我去洗澡，聲稱是帶我去看醫生。由八位女警負責看管我。

怎料，到現在我也不明白為甚麼發生這樣的事，我們走散了！這樣可麻煩了，我人生路不熟，如何回監獄？

我打電話求救，向一些在北京的親人詢問。那親人一接到電話，就十分緊張的說：「家姐，快走啦！」那時我才恍然大悟，對啊，現在立即離開，速速安排飛機回香港，就可重獲自由了！

但這念頭只有一閃而過，就覺得不可以這樣做。我跟那位親人說：「我怎能走？我一走，八個家庭會因我而死的！你告訴我怎樣回去就可以了。」那親人急着回應：「是她們失職而已，快逃吧。」但我卻說：「失職都是因為她們信任我，我良心過意不去。」那個親人還不斷的游說我，我說不用，告訴我怎樣回去就可以了。

最後，我自己回到監房門口，但我總不能自己一個回去吧，那豈不是會「穿煲」？我只好離遠的望着，等待她們！我也不知道等了多少時間，才見到她們慌慌張張的回來，這件事把她們八人都嚇壞了，她們一直在外面找我。

經此一役，我跟她們八個家庭都做了朋友。

出獄後，我年年都有回去探望她們。在那兩年，他們這些人就像我的家人一樣。當然還有兩個獄卒，常常來探我。見面的時候，都會跟我飲一箱白酒，「天長地久」。

我最後能夠離開，要多謝滿城監獄的這位獄長。但很遺憾，她也因我而失去了性命。

我原本被判了兩年，一九九八年可以離開。臨出獄前我也收到一些風聲，當局想加刑。當時，這位獄長看我替他們賺了那麼多錢，也知道我坐的是冤獄，就很希望我能夠按原本的刑期服役後就可以離開。

內地當時有一個規矩，過了刑期的一半，就可以申請保外就醫，但我因為有特殊的原因，不可以。

獄長當時跟我說：「我只是個獄長，芝麻綠豆官一個……。」我日日跟她談天，又帶挈她有生意，她星期一至五都在監獄，星期六回鄉下。她想替我寫保外就醫文件，叫看守我的一個女獄卒寫，但女獄卒不肯寫，最後她自己寫，要女獄卒簽名，證明我是行為良好，表現合作，有建設性，總之寫到可以減刑。

後來，她將這份保外就醫的文件，藏在一沓普通文件裏，然後叫一個副獄長，一整沓的拿過去上呈。之後，獄長收到副獄長的電話：「文件簽了，司徒可以走了。」

獄長跟副獄長說：「你，不能把那份文件給任何人看，直接回來。」

這個獄長大膽了，她立即拍打我倉門：「起來，起來，司徒起來，快點走，快點走，不要回頭了。」

「去哪？」

「機場！」

她恐有變卦。我們立即找來一輛車去機場。我走的時候，那個副獄長還未回來，因為簽文件的地方在河北那一邊，回來白洋淀，要四小時，待他回來時，我已去到機場了。到機場，買機票，上到飛機，以為鬆一口氣之際——

飛機延遲了幾個小時才起飛！

那幾個小時真的如坐針氈，嚇死人。是真的有特別事延遲，還是當局已經發現，準備來捉我呢？

後來幸好，飛機終於起飛，我順利回到香港。

回來後，監獄高層收到風了，要獄長做報告：為甚麼司徒玉蓮可以保外就醫。把報告打好後，獄長、副獄長、女獄卒、司機，還有一個人，五個人，上了一輛私家車，獄長坐車頭。豈料這私家車在途中失事撞車，獄長沒有繫上安全帶，撞車後昏迷，送到醫院不治。全車人只有她一個不幸過世。

後來，其中一個獄卒打電話給我，說獄長這樣這樣，一個星期後出殯。我立即想上去拜祭她。家人當然說：「不好！為甚麼要上大陸？」

但始終，如果不是這個獄長，我都不能夠回來。我不去送她一程，我心裏不安樂。

我在她出殯的當晚趕及去拜祭，翌日大清早上機回來，前後不足二十四小時。

我當然害怕被他們捉回去，否則都不會行色匆匆。但害怕是一回事，有些事，作為一個人，一定要做的。

——感想

人生的經歷，總會跌過痛過，有些跌倒後的傷是短暫的，只要塗些藥水便可以痊癒，但有些跌倒卻是永久的。

知道被判了入獄兩年後，我甚麼都沒多想，一心只想快點完成刑期。不過我樂觀地想，也不會覺得我是入獄，反而是在學習。你想想看，甚麼犯人我都見過，經濟犯甚麼的，這是大學專科也未必看到的。即使我跌到地上，仍會激勵自己，怎能只想着負面呢？有入獄經驗，我倒是沒有所謂，又不是我想坐監的，如果我是因為偷竊而入獄，那可能會有些慚愧，但我只是做生意。

始終，是我不太了解國情，不了解社會主義，把香港的氣氛帶了上去。我們不能把責任推到國家身上，我也沒有怪誰，一點也沒有。他們是說了那裏是不能發展的，就是不能發展的，輪不到我去發展的。要是把錢放到深圳，早已翻了不知幾多十番了。

2. 蘇州事件

九十年代初，我響應國家的號召，回國投資。作為一個中國人，應當如此，也是無上光榮。即使到現在，我的想法還是沒有變。

但在蘇州的投資上，出了些岔子。我把這件事說出來，不是要發洩自己的不滿，也不是純粹想討個公道，而是希望藉這個機會，請大家是否可以研究，針對國家發展的一些弱點，進行補救。

一九九三年，我去蘇州西山，覺得當地環境優美，也覺得有投資價值，於是成立了「蘇州太湖西山司徒建設開發有限公司」，並在一九九四年十二月十七日和一九九五年四月二十八日與蘇州市國土資源局吳中分局（原吳縣土地管理局）簽下《國有土地使用權出讓》合同，打算投資開發大庭山與韶山島兩個地方。

這個計劃原本是我獨資的，但因為內地的政策並不允許，我也配合國家政策，與西山鎮房地產公司合作經營，最初是名義上的合作，後來對方也實際投資百分之五。

到了一九九五年，大庭山和韶山島先後獲得吳縣政府批覆，同意給我們使用權。那麼，我就付錢了，先後付了土地款二千一百八十萬元人民幣；其間也做了很多前期功夫，投入大量人力物力，邀請美國及北京的設計師、專家進行設計規劃，同時繼續跟吳縣領導及各部門開會討論開發項目。

怎料，事情在一九九八年開始出現變化。當地國土部門口頭通知我，說「政策有變動」，這兩

最初決定投資蘇州吳縣，對方舉行了盛大的歡迎儀式，「吳縣人民歡迎您」，當時我對此投資計劃充滿希望。

一九九四年十月二十五日，投資渡渚村和韶山島的簽字儀式。

跟蘇州方面的負責人合照

塊地不能按原合同開發了，他們想變成林業用地和農業用地。可是，這麼重大的事，卻只有口頭通知，我從未見過相關文件。當時我感到無所適從，因為兩年後的二〇〇〇年，我竟然又從吳縣市國土管理局頒發了這兩塊地的「土地使用證」，土地用途標明是「綜合用地」的。這不是可以發展了嗎？

可是，這張土地證頒發兩年不到，國土部門就發出土地收回通知書了，其間，在我們毫不知情之下，他們在大庭山的土地上修建道路及看板設施。

我明白國家政策會改變，也願意配合國家計劃，也願意協商解決方案。我先後提出解決方案，包括以西山其他能夠開發房地產的項目做交換，包括以西山鎮當時最低的土地價格賠償，甚至也曾接受過土地部門的主張，由我們開發農林項目，並為此修訂了經營範圍……可是，年復一年過去，無論我做甚麼，都得不到當地政府的支持。由於一直未能取得共識，項目竟然擱置了二十五年，而我持有《國有土地使用證》的有效期，兩塊地的分別在二〇四五和二〇四七年才到期。

這件事，我喪失了商機，經濟損失慘重，也耗費了大量精力。但這都算了，那是一塊可以發展的土地，如果好好經營，現在的西山會是甚麼模樣？

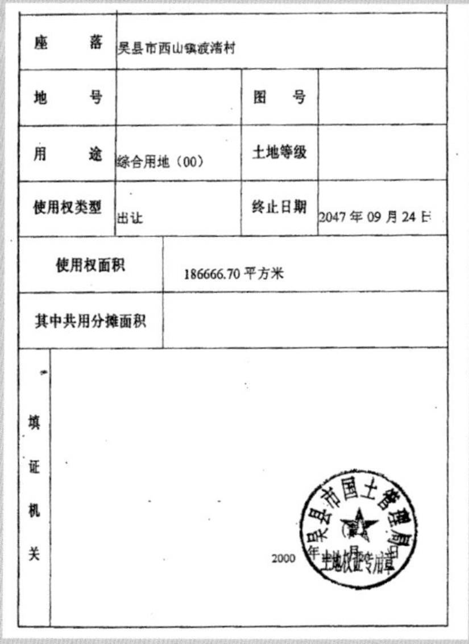

座　落	吴县市西山镇渡渚村		
地　号		图　号	
用　途	综合用地（00）	土地等级	
使用权类型	出让	终止日期	2047 年 09 月 24 日
使用权面积	186666.70 平方米		
其中共用分摊面积			
填证机关	2000 年		

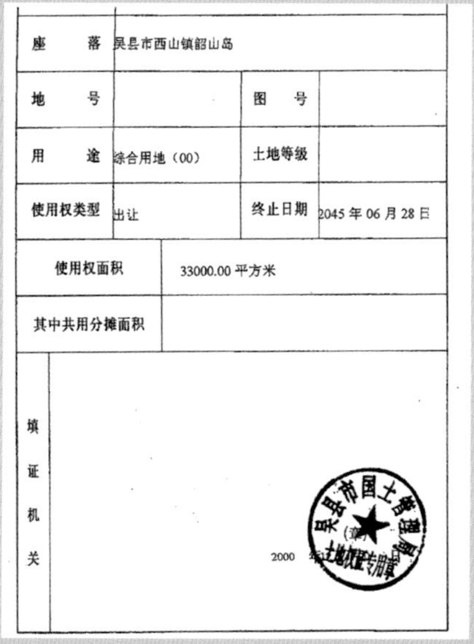

座　落	吴县市西山镇韶山岛		
地　号		图　号	
用　途	综合用地（00）	土地等级	
使用权类型	出让	终止日期	2045 年 06 月 28 日
使用权面积	33000.00 平方米		
其中共用分摊面积			
填证机关	2000 年		

這是吳縣市國土管理局蓋上土地權證專用章的正式文件，文件清楚指出，吳縣市西山鎮渡渚村（左圖）和吳縣市西山鎮韶山島（右圖），出讓了給蘇州太湖西山司徒建設開發有限公司，渡渚村的終止日期是二〇四七年九月二十四日，而韶山島則是二〇四五年六月二十八日。

3.「金荷花獎」事件

就在二〇一五年，我接到北京來的電話，跟我通電話的人，是中國旅遊電視委員會的耿德文會長。沒多久，耿會長和他的一個朋友，聯同華潤的鄭偉先生，四個人一直聊了六小時。

當時就是耿會長邀請我當洪門歷史文化協會的創會會長（見後文）。

之後耿會長也跟我談到跟中國旅遊電視委員會合作，以澳門的區花蓮花為名，成立「澳門金荷花公司」。這個合作項目的內容，是以促進中國和澳門的旅遊、電視和廣告等為主。

說實話，三十年前在白洋淀出了事，還有在蘇州、廣州等項目……令我猶有餘悸。經過這些年來我一直嘗試反省和沉澱自己，一直到了近年，機緣巧合下，我才投資金荷花這個項目。

二〇一六年，因為中國旅遊電視委員會的常務副會長耿德文的授權與指導，首屆中國澳門「金荷花獎」國際旅遊電視片大賽開機儀式，由中國旅遊電視委員會主辦、澳門金荷花有限公司協辦，在澳門順利舉行。

二〇一五年習近平主席訪澳門，發現澳門這悠閒度假勝地，旅遊業卻處於停滯狀態，所以希望可以推進澳門旅遊。

其實澳門這個小島，到處都充滿葡萄牙風格，是中歐文化匯合交流的地方。澳門由一個小漁港，發展到一個娛樂旅遊城市，集度假、美食、娛樂於一身，經濟也隨之快速發展。

所以「過大海」到了今時今日，也可以是一個遊客消閒、商界開會的勝地。我也很高興見證到澳門由相對單一的博彩業，發展得更為多元化！

當年的活動主題為「二〇一六　旅遊經典聚焦澳門」，以「挖掘澳門深厚文化，展示澳門自然風貌；推廣澳門旅遊資源，打造旅遊經典線路」為宗旨。自十六世紀開始，澳門一直是東西方文化交流共存的重要平台。這次活動，聯同澳門政界、傳媒、文化界等各界高端資源與力量，以澳門旅遊文化產業資源為聚焦點，用各種媒體傳播有關活動。

因為耿會長的幫助，我們也很榮幸得到一共三十三家海內外電視台報名參賽，代表同期間有幾十個媒體平台播放着有關澳門旅遊的電視節目。

首屆「金荷花」國際旅遊電視片大賽舉行啟動開機儀式及新聞發佈會，參加的媒體代表包括：中央人民廣播電台、中國國際廣播電台、中央電視台、廣東電視台、深圳電視台、珠海電視台、澳亞衛視、澳門蓮花衛視、澳廣視、新華社、人民日報、澳門日報、大公報和文匯報等百家海內外媒體。而啟動開機儀式則邀得中國旅遊電視委員會常務副會長兼秘書長耿德文、澳門特別行政區政府旅遊局副局長程衛東、中央人民政府駐澳門特別行政區聯絡辦公室文化教育部處長級助理邵彬、澳門立法會議員梁安琪以及澳門特別行政區政府文化局文創規劃及發展處代處長何鴻斌共同主禮。

我對耿德文會長的印象很好，他心中有愛國的情操，談吐也很殷實。耿會長所屬的中國旅遊電視委員會，是由中央及各省市電視台組成的全國唯一從事旅遊電視傳播的行業領導機構。現有包括

首屆中國澳門「金荷花獎」國際旅遊電視片大賽舉行啟動儀式及新聞發佈會。
站在我左邊的是耿德文。

中央電視台等省市級二百九十八家會員台，所有會員台都有固定的旅遊欄目或旅遊頻道。委員會其時已在國內舉辦過十七屆《中國旅遊電視片大賽》，及相關的旅遊電視作品論壇。當時我們的計劃，就是把「金荷花獎」打造成澳門每年一度的國際旅遊及媒體盛事。

之後，耿會長還邀請我到了中國的甘南去考察。甘南藏族地區是一處尚未開發的旅遊點，處處可見優美的風景和樸實無華的民俗氣息。中國大陸的壯麗山河，實在令身為中國人的我，感到驕傲！

不過自二〇一七年在我的生日宴會後，我再未曾見過耿德文，而金荷花的項目一直都停滯不前！

其實由九十年代的白洋淀項目，之後的蘇州地產項目，到近年的金荷花項目，我總是感到香港與祖國雖是咫尺之間，但對之了解甚少。國有國法，家有家規，我身在一河之隔的香港，坦言對中國大陸了解不深。而祖國幅員遼闊，人口眾多，也沒有可能事無大小做到完美，倘若有絲毫缺憾，也比不上國家的成長。

我過往對祖國的投資，只是一粒微塵，而我探討這些事情的真正目的，在於分享經歷，或許可以令到那些分散在五湖四海、十萬九千里外的同胞，或許處於跟我差不多情況的人，能夠有些參考。我真希望有心人都可以透過有效的渠道，去建設投資自己的祖國。換句話說，盡點綿力去貢獻國家，也希望能用得其所。

第十八屆中國（韶山）紅色旅遊電視片大賽，廣邀國內外電視台參加，誰料到事情在我投資過後會無疾而終？

杨晓军
司徒玉莲

第十八届中国（韶山）红色旅游电视片大赛

耿德文會長還邀請我到中國甘南考察。
甘南藏族地區是一處尚未開發的旅遊點，處處可見優美的風景和樸實無華的民俗氣息。中國大陸的壯麗山河實在令身為中國人的我，感到驕傲！

耿德文帶我參觀毛澤東故居

拜會甘南藏族自治區的領導

4. 香港生意：Headquarters 髮型屋

最後談談香港生意的部份。在香港，我做過 Headquarters 髮型屋老闆，跟賭沒有關係。

最初，我只是覺得等待理髮的過程實在太久了，那時我的專用髮型師是 Jacky Ma，我開玩笑的跟他說：「有機會一定要買起這家髮型屋，好讓我隨時隨地都可以剪頭髮。」結果不久之後，Jacky Ma 便來找我，問我有沒有興趣投資髮型屋。這時我卻說：「我不懂剪頭髮啊。」他就回應：「妳做投資可以了。」所以就跟他合股開 Headquarters 髮型屋。

開 Headquarters 的第一件事，是讓所有髮型師都有股份，好讓流失率減低。他們都是專業的髮型師，只要讓他們一心一意為公司服務，慢慢就會凝聚一班客人，尤其許多藝人紅星都會光顧，人們都因此慕名而來，雖然動輒剪一個髮型都千元以上，但他們並不

我的專用髮型師 Jacky Ma

「肉赤」。

漸漸地，在我的管理下，Headquarters 成為香港數一數二的髮型屋，在世紀建業（集團）有限公司旗下。

自從買了 Headquarters 後，我在家裏也放了一張洗頭椅，方便 Jacky Ma 下班後到我家替我剪髮，那時候真的太忙了，實在抽不出到時間去髮型屋等候。

後來，Headquarters 上市了。

第五章・再談家人

1. 母親中風

我在澳門工作之後，事業開始有起色，也有錢照顧父母。當時他們都漸漸年邁，常常住院，我主要是替他們繳交住院費。

父母倆一直打理小巴，到了八十年代後期，小巴升值時，母親就逐漸把小巴賣掉，所以就沒有再做下去了。然後，母親買入了一些舖位，我們到現在還留着其中一些物業用作收租。

有一段日子，大約是在我三十多歲的時候，還未開賭場，母親第一次中風。

有一次，我又打電話回去給母親，大哥接聽，他跟我說：「母親不聽電話。」

我問：「為何母親不聽我的電話？快叫她聽電話吧。」

他回答我：「我叫了她，但她就是不聽，坐下來睡着了。」

之後，我叫他拍一拍母親，母親竟然就這樣倒下來！原來他不知道，母親已經中風了。我便在電話裏叫他打九九九報警，把母親送院。

後來，曾經有段時間，我在法國醫院放下了一筆錢。記得有一次，我要到越南工作，因為越南第一個賭牌是我投到的，需要親力親為。當時越南尚未開放，光是入境就已經非常麻煩，出境也不易，所以我第一次好不容易才能離開越南回來香港。那時我在想，如果我人在越南，家中長輩有甚麼事，怎辦？那時沒有上網，也沒有 Whatsapp 之類，溝通十分不方便。

於是，經過這次經驗後，不論我要到哪裏工作，為了家中的長者，我都會準備一些現金以備不時之需。母親患有糖尿病、心臟病、腎病等長期病，而父親亦因為早年吸白粉的關係而有氣管問題，他們住院的頻密程度，就連醫院也省卻收取訂金。所以我會放一筆備用現金在香港給他們，以策萬全。

2. 父母去世

父親於二〇〇二年五月二十二日自然離世，去世時是笑着走的，油盡燈枯。母親則比較辛苦，她人生最後三年，都在法國醫院，因為那時正是我在北京出事的日子，所以她便一直撐下去，不肯「走」，希望可以等到我回來。

母親最後一次入院，是在一九九四年，在她住院三年後因為腎衰竭而過世的。記得當初，我接

在開平家鄉的全家福。坐着的是我父母。

跟父母在開平家鄉一起欣賞鄉村匯演

到白洋淀的消息，政府拘捕了我好幾個員工，所以我便到醫院跟母親說要去北京一趟，很快回來，豈料她跟我說：

「不要去吧，這次一去妳要很久後才回來。」

我還不相信她：「怎樣會呢，一上去辦好事後就回來。」

後來，如之前所說，我被關了兩年半，這完全是意料之外。這可能就是血濃於水的親情關係吧，冥冥中她有種感應，有預感我一走，就永遠見不到我。

一九九七年四月七日，母親魂歸天國。我有時也會想，如果當初聽母親說，我就可以在她晚年好好照顧她。在她去世前，醫生提議要多做一個成功率只有百分之十的手術，如果我在，我一定會反對，因為明知不會有奇蹟，為甚麼要母親白白捱一刀呢？

我甚至連喪禮都不能出席，對於這從小把我養大、教導我好好成長的母親，人天相隔，是我一生最大最大的遺憾。

第三部份

幫會風雲

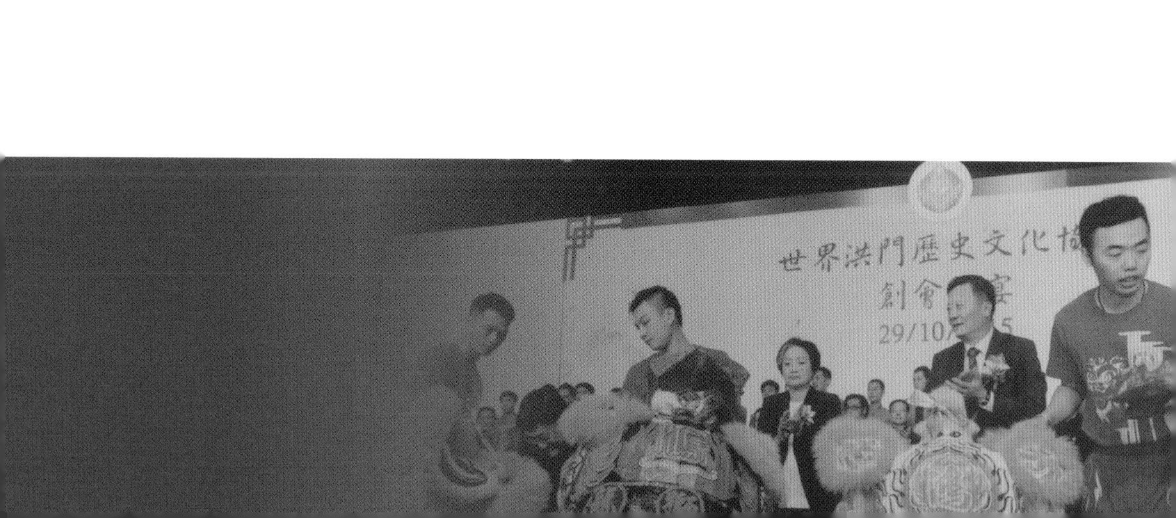

第一章・洪門

1. 大食懶——從深水埗到澳門

五六十年代的香港人，十個有九個都過着艱辛的生活，很多人想工作卻沒有工作，例如初到香港的人，沒有甚麼學歷，難於找生計。因而在我們徙置區裏，便有很多我們稱為「大食懶」、「爛仔」的人；當年還沒有「黑社會」這樣的稱呼，但人人都知道，「大食懶」、「爛仔」就等同於現在說的黑社會。

我從小就和這些「大食懶」、「爛仔」一同長大，混在他們當中，所以反而比較容易和懂得跟他們相處。

我一直生活的深水埗，在當時是有名的貧民窟，出過許多人物，但我最初並不認識他們，因為母親對我的家教很嚴，如果我真的認識了這些「大哥」，母親也不會讓我跟他們來往。所以，即使我在一個充滿「爛仔」的環境長大，也能出淤泥而不染。甚至當我的家人都成為了「爛仔」，我還是沒有成為當中一員。

其實對家人來說，所謂要「跟大佬」，也只是為了不被別人欺負，他們實際上亦沒有幹過甚麼大事。而我，在這種的氛圍下長大，倒是沒有跟他們一樣，依附着那些「大佬」來保護我——可能因為我有契哥是警察吧。現在回想起來，在這樣的環境下長大，也很難沒有「背景」，可我卻是真的沒有「背景」。那時只要黑社會動你腦筋，就沒有人可以置身事外，對於一般平民百姓，黑社會「一兜一踢」，也從此有了「大佬」。幸好我在神的帶領下，倒是沒有遇過這種事。

以前那些黑社會的勢力很大，真的是「道理唔通講陰公」，無惡不作；但另一方面，亦有一些真的只是「大食懶」，無業的，那個年代即使想去工作也難求空缺，徙置區十戶有九戶也是這樣。無論如何，我就是混在這樣的社會而成長。

那麼，為甚麼這些黑社會又跟澳門有關係呢？上世紀五六十年代，在香港還是英國的殖民地時期，那時我印象最深刻的是，當「黑社會」被警察捉了後，他們不是在香港入獄的，而是要遞解出境——送到澳門，所以那時澳門接收了很多「爛仔」，他們部份扎根澳門，逐漸建立起自己的勢力，這就是香港跟澳門黑社會的淵源。

2. 跟澳門幫會互相尊重的日子

雖然深水埗龍蛇混雜，但我前半生跟黑社會完全沒有關係；後半生也沒有，只是因為自己在偏門行業打滾，根本沒可能裝作清高，要跟這一班人來往，當時也只是視為工作需要。

那麼，我如何跟他們來往呢？就要講到「沓碼仔」了。之前說過，澳娛投了我在菲律賓的賭枱，我輾轉來到澳門，知道澳門大概的勢力分佈，所謂「入屋見人，入廟拜神」，要跟地方勢力打招呼，從而開始跟這班人有聯繫。在賭場生意中，我主要是負責內政的，所以也很少直接接觸他們，但大家都互相尊重，因為彼此有共同利益，就是「沓泥碼」。

甚麼是「沓泥碼」？簡單來說，就是我給他們一些折頭買泥碼，他們轉賣出去圖利。他們沓泥碼，每沓一份，便有收入，可以讓他們維生。讓堂口的人做「沓泥碼」生意，是由我們鑽石廳開始的，我希望他們有一份正當的「人工」，自力更生，而另一方面，亦和鑽石廳的生意有所掛鈎，他們賣出泥碼越多，就越多人來我們賭場賭錢，用現在的術語，就是「雙贏」，Win-Win！

不過，我的初心，除了給他們人工，也是一份尊重。事實上，澳門的堂口大哥，稱得上是「大哥」的，本來就不用做「炒飛」、「打打殺殺」——這些都是給「小弟」餬口的。只是如果我要到澳門發展，卻又不和這些大哥打招呼，那我就注定不會順利。到後來大家都知道，只要有一份「沓泥碼」的收入便行，那就給他們「泥碼」去生財，可能這些大哥並不是親身去做，而是交由自己的手下去做。

當時我們比較順利，賭廳每個月都多開一種新玩意，變相可以讓多些人有工作機會。他們本來有些人是在碼頭「炒船飛」的，加上「沓泥碼」，收入來源增加了。後來，我們賭場的制度轉變，客人換了一定的籌碼，便會有一定數量的餐飲券和船票，用剩的便會交給碼頭，給他們炒賣。所以他們都說，在澳門真正窮困、靠做「炒飛」的沒有身份地位的人，都因為我們到澳門發展而生活有所改善。

由那時開始，我們和黑社會是互相尊重的，而黑社會都很守規矩，因着我們的那份人工，也不會在賭場內打架。我當時的理念是，大家都是「搵食」，當人人都有錢搵，誰會來砸我的場？我們一直都不希望他們打架而搞垮賭場。可是最後，賭廳數量太多，人人都以為只要自己開一個賭廳就可以置富，後期更曾經有人搶籌碼，逐漸地，亂子又多起來。九十年代左右，澳門經歷了一段比較混亂的時間，只是也真的沒有影響到我就是了。

沓碼仔

沓碼仔，即以沓泥碼為業，是澳門博彩產業獨有的一種職業，與賭枱上一種特殊的籌碼——泥碼有關。泥碼只能用來下注但不能兌換現金的；又能下注又能兌現的，叫現金碼。泥碼有甚麼好處？對賭場而言，它能確保賭客將換來的籌碼全用於賭博下注。

賭場為了拉客促銷，會用比面值便宜的價格，將泥碼賣給沓碼仔。沓碼仔再將這些泥碼以面價轉賣給賭客，賺取中間的差額。

3. 被踢入會——洪門會長

說洪門，就不得不提司徒美堂，他是洪門的創始人。

一直以來我都知道司徒美堂跟我是同一條鄉村的，也是同一個宗親的，他的父親和我的太公是親兄弟，但由於他是一個愛國英雄，我自感比不上，無意要跟他拉上甚麼關係。後來因着我成為洪門創會會長（詳見下文），當其他成員再自行調查後，才知道我跟司徒美堂是來自同一條鄉村，而且有宗親淵源。

我去澳門後，跟各幫派都有所來往，但都不是他們的一員。前文提到，我跟「數字幫」成員曾一起到菲律賓，後來又跟他們一起來到了澳門，因而很多人（甚至媒體報導）以為我也是「數字幫」的，其實我甚麼都不是。我對所有堂口也沒分你我，互相尊重，所以才換得所有堂口對我的認同。這幾十年來，各方面都比較接受我，因為我對他們沒有殺傷力，因為我不會去惡性競爭。例如我見到另一個場的常駐客人前來，我會打個電話：「喂，你的客人走了過來，你還做不做？你不做，我們才自己做。」這是道義，那個客人是他們的「搖錢樹」，失去了這個人，可能失去一些稍為穩定的生意，我不會貿貿然搶過來。

我常常強調，大家合作，站在同一個立場，向着同一個方向，都是要求財而已。我總是跟他們說：「你們站在這個崗位裏，大家都是求財的，若你打倒他，打倒人的那個就要逃跑，被人打倒

司徒美堂

司徒美堂生於一八六八年，開平赤坎中股牛路里人。一八八〇年十二歲時遠渡重洋到美國謀生，一八八五年加入洪門致公堂，是中國致公黨創始人之一、中國現代史上著名的愛國華僑領袖。曾長期擔任全美致公黨主席，全力支持孫中山的革命運動和辛亥革命。日本侵略中國後，他發動僑界全力支持中國的抗日戰爭。一九四一年十二月二十五日香港淪陷後，日本侵略者在港的特務機關威逼司徒美堂出任香港維持會會長，以協助日本侵略者「強化香港治安」，時年七十五高齡的司徒美堂回絕說：「我決意不當甚麼維持會會長。」礙於洪門的勢力，日本侵略者只好將他釋放了。

在美期間，美國前總統羅斯福一度擔任司徒美堂的法律顧問。司徒美堂與中共領導人毛澤東、周恩來交往甚密，與毛澤東有十二年的函電來往。一九五五年五月，司徒美堂在北京逝世，享年八十七歲，葬於八寶山革命公墓。

司徒美堂歷任中央人民政府委員會委員、全國人大常務委員會委員、全國政協委員、中央華僑事務委員會委員。

的那個就要進醫院，到頭來誰贏了？」不錯，沒有一方贏。那為何大家不能退一步呢？兩個都是大哥，那誰是「八哥」、「九哥」？唯有我站出來，說一句：「你們都是大哥了。」那時，何生也說：「總之，不要打架就可以了。」所以我給他們泥碼，給他們餐飲券，就是希望每人都有份人工，賺到多或少就按各人自己的本事了，但其實也不會相差很多。

後來，澳門經歷了一段最混亂的時候，也是黑社會最叱咤之時，總之就是很亂。九十年代的澳門會發生那麼多亂局，某程度上就是幾位江湖大哥無法和談有關。我只是負責銀頭的，以內政為主，所以甚少出去跟這些江湖大哥交往，到了後期他們打至四離五散，我才出面處理事情。而他們在一連串事件之後，都成為我的好朋友。

以我估算，在我所認識的一百個朋友裏，大概有九十九個都是黑社會的，因為和我差不多年紀的這些人，像我一樣，也沒有多少個接受過正統教育，而且成長環境複雜。我知道他們的心態，他們也會知道我的心態，所以我才能在娛樂事業中達至互相體諒及包容，繼而互相支持。

正因為這樣，我雖不是洪門的一分子，但又得到各堂口的接受和認同，甚至當上他們的會長。

幾十歲，才被人踢入會！

為甚麼我會當上洪門的會長呢？其實當時我是不願意做的，因為年紀大了，收到這個邀請時我已經六十多歲了。二〇一四年，洪門想組織一個「世界洪門歷史文化協會」，籌委會主席是尹先生，自然創會會長也就是他了，理所當然。可是，北京有一個人來找我，說北京和澳門政府都不想由他當會長，所以便找上我。我本來就不想做太多公職，所以沒有考慮太多便拒絕了。之後，在上任前十四天，北京又派了耿德文和我談，他說重新找了兩個人選，但尹先生都不滿意，他指定要我做會長，才會留在洪門。耿德文還說，讓我當會長，是為了國家，也為了澳門！他說得如此宏大又偉大，我也沒辦法了，只好跟他們說，我可以答應擔任世界洪門歷史文化協會創會會長，但只會做一年，之後不會做下去。記得尹先生也對我說：「家姐，妳幫我頂一頂吧。創會之後第二年妳就可以卸任退下來了。」沒想到一直沒有人接手，我就一直做到現在。

二〇一五年十月二十九日，世界洪門歷史文化協會創會晚宴，醒獅助興。

世界洪門歷史文化協會創會晚宴假澳門漁人碼頭會議展覽中心舉行，左邊是嘉賓溫偉耀博士，右邊是嘉賓岑建勳先生。

洪門在澳門是有牌的，合法的。不過在香港就是不合法了。當上洪門會長之後，香港反黑組和「O記」找上我，問我：「妳在那邊是會長嗎？」我只好回答：『是啊，被強行『踢』進去的。」現在說起洪門，不說黑社會了，好像很有包裝一樣，但在我的概念來說，黑社會就是「人多蝦人少」。但「人多蝦人少」是不合時宜的了，所以需要轉變，而轉變不是叫自己做洪門就可以，要有一個質變。洪門不再打打殺殺，不再「人多蝦人少」，而是要說「愛國」，發揮我們民族觀念。這不是亂說出來的，我只是幫他們回歸初心，只要回想洪門的歷史，就知道洪門原本就是「反清復明」的，「反清復明」，也就是愛國了。回到前人最初創立洪門的想法，撥亂反正，為國家發揮所長。

洪門簡介

洪門，起源於明末清初的一六七四年，至今已經有三百四十多年歷史，是明末大儒顧亭林、黃梨州、王船山等人，為保存民族大義的「漢留」組織。甚麼是「漢留」？就是指為大漢民族留下根基的組織，在當時即是為「反清復明」而創立的民間組織。洪門自始至終強調「忠義」，維護着中華民族。

洪門成員全球有一千多萬人，依其內部歷史文獻，光緒二十五年（一八九九年），北方義和團之亂，乃至八國聯軍之役，清廷忙亂之際，興中會邀集長江哥老會、廣東三合會首領在香港舉行聯合會議，鑒於民族存亡在即，深感舊式會黨不能再獨守故態，於是決議三合會、哥老會、興中會三會合而為一，別組興漢會，洪門正式加入革命行列。

歷經黃花崗起義、武昌起義、辛亥革命，到抗日戰爭，都有洪門革命志士為國家、民族拋頭顱、灑熱血。

第二章・人物

1. 我不是黑社會

我從小就跟那些「江湖人物」混在一起，但我不是黑社會，不是他們任何一夥。因為做生意的關係，大家成為了朋友。這一章就特別說兩位我認識的江湖人物。我不是要爆他們甚麼材料，只是作為自傳，他們都是我人生路上認識的人，有些人影響了我，我也影響了其他人。總之，我只寫我跟他們的來往，而在來往的過程中，我有自己一套交朋友的道義，就是朋友有難，我是義不容辭幫忙的，我不是說我怎樣好、怎樣好，而是覺得這是朋友應盡之義，我想宣揚這一番道理，如果你覺得我做得對，也希望你跟我一樣這樣對待朋友。

2. 尹先生（駒）

尹先生最經典的事，就是現在的人稱「嗌大咪」，就是由他開始的。甚麼是「嗌大咪」？因為尹先生好賭，當賭場拒絕讓他進入時，他就叫自己十多個手下到賭場，每五步就一個，「四點開」、「莊六點」這樣大喊出去，而他就站在賭場門口外「遙距」投注。為甚麼賭場會拒絕他？因為他輸了的時候，發脾氣，會「掟枱」（掀桌子）的！賭場有多少張枱給他掟？

他曾經入獄十多年，在他出獄後，很想重做賭業，但世界變了很多。「賭不是這麼易做的了，跟我們從前的世界是兩回事了。我把這麼多年的營運為甚麼變成這樣，詳細告訴你一次，好嗎？」我苦口婆心嘗試勸他，但他就是不信。「得喋啦。」結果兩年內，被人騙了無數次，但還沒醒轉過來。「唔係呀，啲家我咁辛苦，仲嚟搞我？」就是搞你！尹先生將重情重義的心情放在娛樂事業上，到頭來，他被信賴的人騙了。我看不過眼，就用自己的名字，跟澳博要了一個賭場，在凱旋門酒店，交他全權打理，那就是「國瀛貴賓廳」。我為甚麼要這樣做？我希望他能夠驅走那一份不忿的心情，讓他自己落手落腳，讓他知道賭業真的跟十幾年前不同了，然後死了這條心。娛樂公司不願跟他交易，就跟我交易。我完全知道情況，這一鋪是一定蝕的，但我甘心情願。我要讓這個朋友知道世態炎涼，我也想等他的戾氣消減一下。雖然坐了多年監，但他還可以有更好的時光！

結果，這賭場做了年半，當然虧本。但他真的在實際操作過之後，知道此路不通，就另找方向。

尹國駒現在生意做得好大，遍佈全國，
有手錶、紅酒、茶葉等。

跟尹國駒（前左）慶祝他的母親（前右）生日

他現在生意做得好大，在全國，手錶、紅酒、茶葉等。所以，他現在的生意做得好好的，順着國家一帶一路的建設而努力。

當中，我自己心知，他對我很感恩的。

3. 潘先生（勇哥）

我跟潘先生從小就認識，因為我們都是在石硤尾長大的，但我們有着不同的發展，他那一派是屬於出來「行走江湖」的「古惑仔」，而我則跟他不同，只是出來工作而已，變相大家都很少見面。

直到有一年，潘先生出事入獄，在他服刑期間，他寫信給我，希望我幫忙打理尖東富豪酒店地庫的「Club UNO」娛樂會，我到那間夜總會一看，有媽媽桑的，不行呢，搞不好別

在一個宴會上，我跟勇哥合影。

人還會以為我也是做媽媽桑的，哈哈。所以我想跟他說不行，就找他的子女請他們在探監時跟他說：「如果要我幫忙管理一年多的話，我不做黃色事業的，如果要做黃色事業的話，我就不碰了。」後來，當潘先生重獲自由後，我便把夜總會交還給他了。自打理夜總會一事，也讓我跟他再次建立起友誼。他回來不久後，就發現有癌症了，入住荃灣仁安醫院。

那時醫生說他還有六個月的壽命，怎料他一撐，就撐了多年，再跟他去化驗、又試新藥，甚麼都試過了，一直都不行。那時找了莫醫生，他在腫瘤科治療很著名的。有一次，醫生是要潘先生吊四個小時的化療針，怎料只吊了半個小時就結束，當時潘先生說自己太辛苦，想跳樓自殺！後來醫生再翻查他的檔案，才發現原本四個小時的治療被濃縮成半小時，可能是醫生和護士之間溝通有誤會吧。那時潘先生便跟我說，如果他就此去世了，就一定要「搞掂佢」，同時他也會一直撐下去，直到沒救為止。那時我也只好安慰他，勸他看開一點，既然已出錯了，倒不如多謝醫護他們，一次過打針就等於一次過殺菌。

他最後的日子，寫了很多首詩給我，頻密得每晚一首。他很厲害的，當我跟他說我信了基督教後，他說他小時候在教會是帶領唱聖詩的，《聖經》裏的〈詩篇〉，他倒轉也懂得讀，算術也非常了得……，但後來有另一種生活的。他還

勇哥逝世，我出席他的喪禮，永遠懷念。

跟我說：「我沒辦法跟妳信基督教的了，來生吧。」「為何呢？」「那麼多人跟着我謀生，我又怎能信主呢？」

潘先生是個有才華的人，寫詩之類好像不用思考似的，只要你給他幾個字，他便可以立刻寫出詩來。詩的題材非常廣泛，信手拈來，提起「八月十五」，他便會吟「八月十五」；說到「端午節」，便詠「端午節」；感覺到「痛」，就寫「痛」，當刻想到哪種心情，也會詠詩與你分享。

至於外面那些雜誌所寫的，說我跟潘先生有「關係」，哪有證據證明？記得反黑組曾經這樣的問我：「我們在潘X勇家找到妳和他的合照，妳經常上去住的嗎？」「不行嗎？男未婚，女未嫁。上去住又怎樣？」可能這氣話引起了那些傳言吧。

4. 我來自江湖

這班江湖人物，是從我第一天到澳門就認識到現在，這三十多年來，大家都是好朋友，彼此互相幫助。我從來都不會介入他們的「江湖恩怨」，大家都是一起發展事業生意。

但說到洪門、江湖人物，總給人一份英雄感。這個篇章，講的都是那些江湖人物沒有被英雄化的一面，因為我覺得要警惕後來的人。我們那個時候，以現在的話，是「贏在起跑點」——那時澳

世界洪門歷史文化協會開平市聯誼活動，參觀司徒美堂故居，我跟司徒美堂像合影。

世界洪門歷史文化協會開平市聯誼活動，前排左四為尹國駒。

門賭場尚未開放，所以在治安方面，各方面都要自律，但當然也有亂的時候，而亂所換來的代價是很大的；他們這班都是「贏家」、「大哥」，但要做「贏家」、「大哥」是要付出許多代價包括自由。你看尹先生、潘先生，他們都付出了很多。

上文提到，二〇一五年，我被邀請成為世界洪門歷史文化協會第一屆會長。其實對於答允成為「創會會長」，我經歷很大的心理掙扎，畢竟當年我都快到七十歲了，已是處於半退休狀態。最後我接受了這使命，都是本着洪門的「忠義」精神，但忠義不能和「愛」分開。而忠義和愛正是我的人生信念和信仰。

我出生於中國大陸，成長在香港，立業於澳門。在成長的那個時代，社會普遍貧窮，在我成長的大環境中，我接觸來自五湖四海的朋友，於是和洪門友好，有着緊密互助的關係。

我認識的洪門，大致可分為三個階段。

小時候，我認為洪門是聚集一眾街童、社會邊緣人士的組織。

到我年紀大一點，我認為洪門是不同的支派，各立門戶，各自為生活掙扎求存的結社。

到了現在，我有幸成為創會會長，才發現自己要對洪門多作了解。

洪門源於清朝民初，由康熙時代的天地會、到光緒時期的致公堂……都是民間自發的秘密組織。經過長期努力，成為社會資源儲存所，後來更成為辛亥革命、抗日戰爭的支援。而國父孫中山先生也因而加入了洪門。

現在洪門本土及海外的各支派，說實話，都離不開生存和生活。但最重要的是，洪門一直有着強烈的民族認同和歸屬感，而洪門朋友一直秉持互濟互助，團結華人的精神，聯絡和凝聚海外華僑的力量，一起去貢獻祖國。

現今的洪門，生存在一個講求法治的社會，所以我們絕不能因為個人的「義」字，而漠視社會制度和法律。我們的忠義必須在合情、合理、合法下，才可有效地、持續地彰顯。

時移勢易，我在此想奉勸後輩，行走江湖時，用自己的實力才幹打拼，那才是真正的出路。本着信仰的應許；「你的日子如何，你的力量也必如何。」我願意以身為會長的身份，守望着我的工作和同業。

自己只是全球七十幾億人口的一員，在中國是十四億人口的一員，像微塵一樣渺小。得到各方朋友的接納信任，我既感激又感恩。

令我意想不到的是，昔日洪門的反清復明、支持辛亥革命、奮力抗日……到了今時今日，面對中美陷入冷戰，中國被「五眼聯盟」制裁、腹背受敵……令身為洪門創會會長的我，燃起了一份薪火相傳的使命感：儘管國家過去有不甚完美、有待改善的地方，但願我們五湖四海的洪門朋友，在面對國家的未來，就在自己的崗位上，發揮忠義互助和民族認同的精神，一起向着共同的目標努力，守望和建設我們的祖國。

第四部份

人生歷程

第一章・信仰

1.信仰之旅

我一直生長在中國傳統的家庭，那時候我們的信仰就是拜祖先，定時定候全家人都會向祖先的牌位上香。

——最初接觸佛教的經歷

我在五十多歲時，跟一個工作上的夥伴一起到台灣的一個寺廟參拜。寺廟住持是德高望重的妙蓮老和尚。

我是第一次入佛廟拜佛：原來當引磬一響，信眾就要「五體投地」跪拜。當時我「一頭霧水」地跟着其他人進行參拜，不過很多時候都因為來不及反應，別人跪下來時我還站着，變得「鶴立雞群」。

妙蓮老和尚是很多名人的師父，他賜給我一個法號「行華」。

也許因為這樣，老和尚對我留下了印象。

入廟參拜完畢，我們被安排到房間去休息。我和朋友各自被安排在不同房間。後來才發現我們是「貴賓」，用獨立房間，而其他信眾是十多個人共用一間房。

由於每間房只有一個浴室，住大房的信眾太多人，根本不夠浴室使用。當時我立刻就把他們叫到我房間去，讓他們用我房間的浴室趕快梳洗。

因為朋友是「貴賓」的緣故，所以我也能攀緣得以跟老和尚見面交談。

想不到跟老和尚談了一陣子，老和尚就一口斷定我有慧根，還賜給我一個法號「行華」。

據我所知，這是老和尚對我的莫大錯愛。老和尚是不少名人的師父，例如他曾給劉華的法號，叫做「慧果」，而給志偉的法號，就是「慧宣」。

可惜那時候，我內心沒有特別感應，所以我並沒有進而皈依佛教。

——接觸基督教的經過

我與基督教的淵源，也始於我大約五十歲那年，那時候我有一位親屬得了肺癌。

我的親屬一直是個癮君子，有吸食白粉的惡習。他後來信了基督教，靠着信仰而成功戒了食白粉。在他臨終時，受着極大的痛苦。於是我嘗試弄來一些鴉片煙水，企圖給他止痛。

意想不到親屬毅然拒絕了我，還對我說：「我好不容易才戒掉毒癮，我希望能身心潔淨地回天家。」

我對於親屬的堅持很尊重，他因為藉基督教的信仰，得到了力量和永生的盼望。

「我的喪禮也要採用基督教儀式。若有來世的話，我希望妳也是我的親人。現在希望妳答應我跟隨主耶穌基督，那麼，我們將來在天家就能見面。」

這就是親屬最後留給我的話。

因為這樣，我下了決心追求和認識基督教信仰，我甚至還在背部紋上十字架為印記。

這段時間，我到過不同的教堂去慕道，但內心始終沒有很大的感動，直至之後我另一位親戚的逝世。

2. 信仰的轉捩點

我另一位親戚年紀很輕，卻因為吸食過量毒品，英年早逝。我平常很愛護這位親戚，為他的逝世感到極為哀傷難過。

那段時間我終日以淚洗面，不能自已。有一天，我偶然扭開了電視，無意中看到《恩雨之聲》節目，當時聽到溫偉耀博士說到每個人的生死，在神的眼中都有獨特意義，雖然有時我們還未能完全明白。

溫偉耀博士提到在大自然中，有一種很特別的鳥，牠長着細長而蜷起的嘴，當牠的嘴巴展開，就能吸食某種花朵內的花蜜。鳥和花唇齒相依，宇宙間萬事互相効力。生死也是一樣。

我也不知道為甚麼，我的心就因這説話得到安慰，眼淚不期然止住了！

「以前我風聞有袮，現在我親眼見到袮！」這個體驗很奇妙，像「叮」一聲，令我開了竅，我真實的經歷了神：祂的憐憫、安慰和醫治！這份神所賜予出人意外的平安一直與我同在，就是在我往後經歷創傷、靈性低谷時，這份平安都從未離開過我。

原來經歷信仰，並不是甚麼很大的神

二〇一一年八月二十五日是我受洗的大日子

教會聚會中

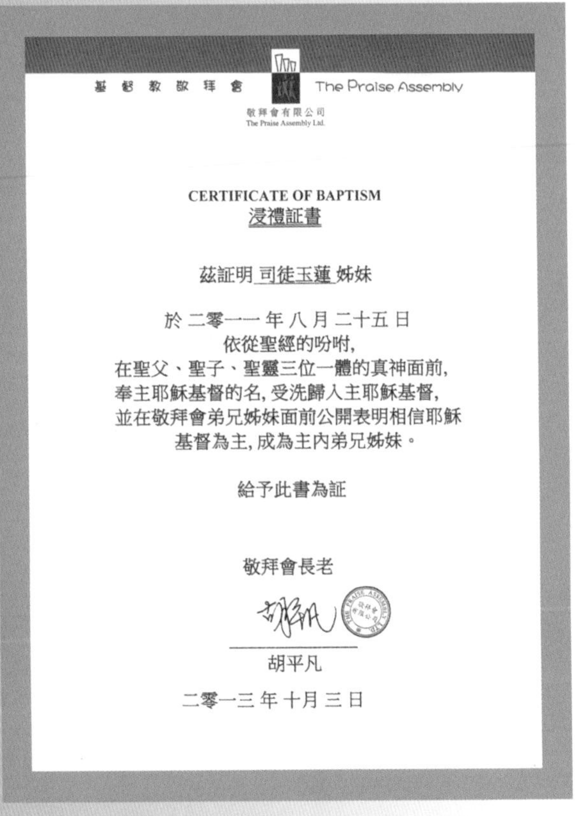

基 督 教 敬 拜 會 The Praise Assembly

敬拜會有限公司
The Praise Assembly Ltd.

CERTIFICATE OF BAPTISM
浸禮証書

茲証明 司徒玉蓮 姊妹

於 二零一一 年 八 月 二十五 日
依從聖經的吩咐,
在聖父、聖子、聖靈三位一體的真神面前,
奉主耶穌基督的名, 受洗歸入主耶穌基督,
並在敬拜會弟兄姊妹面前公開表明相信耶穌
基督為主, 成為主內弟兄姊妹。

給予此書為証

敬拜會長老

胡平凡

二零一三 年 十月 三 日

基督教敬拜會在二〇一三年
十月三日給我的浸禮證書

蹟奇事，而是聖靈在我的內心輕輕的呼喚和安慰！

我那時很希望把這奇異的恩典傳揚出去。於是當下就印製了二百隻光碟，放在殯儀館內，給人們免費拿取。

經歷這件事之後，我正式加入了教會。我嘗試參加不同的教會，但我內心很害怕被人認出來：始終我是做博彩業起家，屬於「偏門」行業，我很難對別人解釋我希望加入基督教。實不相瞞，社會上的人對從事博彩業的，往往都有負面的標籤。為了行事低調，我加入了位於荃灣區較為偏遠的基督教敬拜會。恰巧的是，敬拜會的創辦人陳先生的媽媽，就是我的舊朋友。我就在敬拜會決志信主。

這段時間，我的「家長」是淩建人先生和他的太太淩楊月娥女士。我在敬拜會參加了一些啟發課程和小組，讓我更深的認識神的話語，奠定了我信仰的基礎。

在此我感謝我的家長栽培之恩。

在二〇一一年，我在淩建人先生和他的太太淩楊月娥女士陪伴下，參加了以色列聖地遊。我在以色列受洗，正式成為了一個基督徒。

信耶穌受洗這個決定，對我來說，並不是一件輕而易舉的事。很多人對我的基督教信仰感到質疑、甚至訕笑。一個「撈偏門」的人信主？她是認真的嗎？

但我深信，神把我放在這位置上，一定有祂奇妙的安排和帶領。

3. 得力團契的成立

我生長在五十年代，兒時住在石硤尾貧民區。那裏是「男『道』女娼」的地方，我的親人，很多都不幸染上毒癮。我目睹和親身體會，有一個吸毒的家屬，對家人的影響，是那麼深、那麼痛。

我出生於廣東省開平縣，成長於香港，立業於澳門。在這些年間，尤其在我壯年的時候，我是賺到一些金錢。隨着年紀增長，加上信仰的緣故，我明白自己只是金錢的管家。

過了知天命之年，我越來越體驗到人需要金錢，但超過一個限度，再多錢就不是一個祝福，而是負擔。對下一代來說，更可能是一個詛咒。我見過不少富二代，外出工作一不順心，便辭職不幹，成為「啃老一族」。

父母當然會供養他們，但過慣了無壓力、舒適的生活，就再沒有動力去體驗刻苦奮鬥。日子久了，他們活得失去真實感、意義感。

所以我認為父母寧可讓孩子少年時吃一些苦頭，也不要讓孩子長大以後，失落空虛，這才叫人唏噓！

股王巴菲特曾說：「出生時含在嘴裏的金湯匙，若沒有自己謀生的本事，會變成插在背上的金匕首。」

因這緣故，我祈求天父讓我有智慧做金錢的管家。

我成立「得力團契」，之後建立「得力農莊」，就是希望能幫助有濫藥的肢體。希望他們在信仰上重新做一個有尊嚴的人。

得力農莊

二〇一九年十二月十一日，在錦上路得力農莊舉行的感恩聚會。

基督教得力協會
地址：荃灣德士古道 98 號五方集團中心 9 樓
得力農莊
地址：錦田錦上路四排石（近菠蘿園；港鐵錦上路站 A 出口）
電話：46114854　鄧先生
電郵地址：godpower3749@gmail.com
面書（Facebook）：godpowerhk

4. 回顧

其實我們每一個人，都有各自生命中的破碎和傷痛。這些年來，我學習不介懷，也不計較別人的眼光和看法，只是以平常心在天國的事工上努力。

在這過程中，我知道首要的，是自己能在信仰生活中好好扎根鞏固，才能做鹽做光，去幫助和祝福身邊有需要的人。

得力團契創立了逾十年之久，在二〇一九年，因為社會運動，之後加上新冠病毒肆虐全球等等原因，有鑑於得力團契的弟兄姊妹年齡大部份都不算輕，為了各人健康緣故，敬拜聚會暫時停止。

我相信這段休息的時間，是為了走以後更長的路。我和其他弟兄姊妹會一直為得力祈禱：我深信神會帶領，讓事奉能榮神益人。

我現時家庭的狀況有點「支離破碎」，婚姻既不如意也不順利……。當我有了信仰之後，我就得到基督教這個大家庭！耶穌就成為我的所依所靠。在我失落中尋回這份家的歸屬感！

我希望我的家族都是基督教這大家庭的一部份，而得力團契就是我留給我家族的一份信仰遺產！

第二章・人生

1. 感恩之一——母親

母親付出一生養我育我，不求回報，是我最感恩的人。

我一生中，幸運地遇上不少「貴人」。說到當中最值得感恩的人，就是我的母親。

我很感恩何鴻燊先生給了我一個工作機會，但在他的角度來說，我是幫他做生意，跟他是分成的工作夥伴。至於母親幫我，卻是無條件的。

我事業失敗發生在早年，二十多三十歲時就經歷生意失敗，那時開始母親就借錢給我，先借了二三十萬，之後她還替我問人借錢。當時我立定了決心，如果將來有機會的話，要好好償還。但我有時又想，我有否認真去償還呢？父母親生病，能力所及，就應該送他們去最好的醫院，而我有這點錢，就沒有再徵求兄弟姊妹來湊錢，我從來沒想過這是在回報父母親。我覺得只要自己心懷這個想法就好了，重點不在於金錢物質上，畢竟每個人的環境都不同，而我只是做能力範圍內的事。

對待兄弟姊妹也是同樣，覺得要做就做，嘗試不去計較；推而及之，我對朋友也一樣。我有自己的信念：「朋友是有入冇出」的。而朋友們每每又會熱心地關心他們身邊的其他朋友，於是在這些年間，我漸漸地凝聚了不少好朋友。

儘管自己想朋友「有入冇出」，始終人是會變質的。我有對人失望的時候。在社會這個大染缸，試探誘惑太多，人變壞容易變好難。聖經都說信仰是一條窄路，選上的人少。我常常感到要是世人沒有信仰的話，就會虛假偽善得嚇死人了，為了利益可以翻臉比翻書快。在此，我很感謝溫偉耀博士夫婦、關俊棠神父，他們常常都以愛心說誠實話，開解我內心的糾結。

人生一直向前走着，我認真的想，有沒有甚麼值得感恩的事，有沒有遇過哪些值得感恩的人？從我十歲時開始回想，有沒有誰人曾扶我一把、對我無私付出？我感到好像有，但再想想，又好像沒有。因為一路上幫助過我的人，說到底是一種交換關係，雙方是有利益交換的，只有母親卻是無條件的幫我。

之前我說過了，我被別人追債追到上門，包括我自己在澳洲的三公和姑丈，在我沒有依期還款時，也找人來追債，追到母親頭上。到我賺到錢時，我說過要連本帶利的償還，但親戚外家又怎可以認真數算利息呢？所以我還的黃金是加倍，相當於利息那樣給他們。這樣做算是感恩他們幫過我燃眉之急嗎？我不知道。我只知道，我後來以超過姑丈借我的數目，借回給我老表，即他的兒子。

對這位老表，這是他父親種的福，令我可以幫他。老表有一些病，要醫治，又要打官司，而我一直支持他，直到他過身。他的兒子也跟我說，知道借給他家的錢其實尚未還清給我，我也沒放在心上。

每個人都經歷過艱苦，他們給了我「能量」之後，我希望傳承這份「能量」、祝福！這好比把善的種子撒在好土上，將來結果十倍、百倍。

寫到這裏，我記起我有一個四十幾年交情的好朋友，我們廿八九歲認識，我在深水埗，她在石硤尾。我做生意景況不好時，她常協助我。有一段時間，做車行，生意不好；做財務公司，因為政府一夜之間說不能扣起別人的身份證為抵押，變相令我不能把業務營運下去。那時候，她就在金錢上幫過我了。之後因為我忙於做生意，彼此就失去聯絡廿幾年。記得在一九八四年前就失去聯絡了，後來一直都找她不到，晃眼就二十多年。直到有一次在連卡佛，碰到她的妹妹，「我找妳姐姐找了很久。」「她去了中山。」「我想找妳姐姐。」她給我她姐姐的電話號碼，我與朋友終於再見面了。

我心裏常常念着欠她的錢，但欠多少，我早就忘了。當時是「供會錢」（俗稱「標會」），大家夾錢、籌錢去做生意，做三百元會、五百元會，但她從來不追我還錢。我常記住這份情。「清，妳是否又沒有錢使了？」如果會叫我「阿清」，超過四十年以上交情了。

再次見面之後，我遞上一張沒有銀碼的支票，任她填，因為我根本不知道欠了她多少。「清，妳其實欠我多少？我想寫十萬，是否太多？」我答：「不多。但我覺得不止這個數，妳不妨多寫一些，因為我真的不知道。」我願意加倍奉還，也是「買」自己心裏舒服，但她還是只填了十萬元。

我讓她填空白支票，因為我知道她並不是個貪心的人，雖說我不知道欠了她多少錢，但我是有這個報答的心，將來能否賺回這筆錢並不重要，最重要的，還是先還掉這一生人裏曾經欠過的債。

還有就是，感恩命運吧。一、我不是殺人放火；二、我不是出賣色相；三、我沒有文化基礎；四、有很多人比我更勤力；五、我既不是黑社會，但又混在那班江湖人物中，又可以賺到錢；六、我不是甚麼「撈家」，但又可以帶領娛樂場發展，曾經開發一種新生意；七、我又不是擁有甚麼大資產，但我又可以在這個企業之中，即使我不是特別有錢，但仍可以佔一席位。老實說，旁人大可不給我面子的。

這樣的命運，不是值得我感恩嗎？

2. 感恩之二——何生

在籌備這本書的時候，何鴻燊博士去世了。在此再次表達深切哀悼。

自從因為澳娛看上了菲律賓牌九枱開始，到我把牌九枱帶到澳門，何生就成了我的老闆，可以說，沒有何生，就沒有今日的我。無論我對賭場的營運和管理革新有多少想法，如果他不給機會，我也沒可能發揮。他是我的一個伯樂，為我提供好的發展空間，對我很提攜，我也打從心底裏感謝他給我一個好開始，以及一直的幫忙。

我替他工作，所以他待我好，這中間可以說是一種工作關係，但豈沒有一份情義？何生曾經出過一張VIP卡給我，沒有限額的，用來招呼客人。

事實上，何生幫了我很多。之前都有說，一億營業額之中，大部份是客人借來賭的賬面數，並未收到錢，但政府抽稅卻要真金白銀，我又要資金營運，當中能夠「走盞」的，就只有請何生抽佣那方面給點空間。而的確也因為他的慷慨，我才能繼續經營下去。那當然，這也是他的經營之道，他只是遲了收錢，但就保證了每個月都有收入。

我跟何生的子女沒甚麼來往，反而跟何生的姊姊還比較熟，八姑娘何婉鴻、十姑娘何婉琪，因為我進入娛樂公司時就是她們參與公司業務的時期。

現在何生走了，我這一輩子的人也慢慢會退下來。但我相信他的子女絕對有能力延續他的王國，他在天之靈也不用太過擔心。

這短短獨立出來的一節，算是我對何生最後的致敬。

二OOO年左右，跟何鴻燊攝於馬會。何生給我一個機會，才能有事業上的我，這份恩情，銘記於心。

惠澤社會
精神長存

永遠懷念何鴻燊博士

司徒玉蓮

澳 門 假 日 酒 店

假日鑽石娛樂場

同敬輓

3. 遺憾

記得關神父有問過我：「信主之前的人生，有沒有遺憾呢？」其實，有遺憾都變了沒遺憾了。因為我知道「萬事互相効力叫愛神的人得益處」！

說起遺憾，真的要說一兩件事情的話，我想，首先是對我的母親。

在澳門拼事業之後，所有東西都有充足地供給母親。在母親中風後，我曾經放下一筆錢給家人應急之用，我深信物質上、金錢上都盡了責任。但說實在，我們不常見面，每次見面，母親只是哭，要我給細妹一些錢之類，那時讓我覺得她很煩。現在的我知道，只是給錢是不夠的，家人之間，見面是必要，而母親的要求也是出於對子女的愛而已，她並沒有在我身上要求甚麼。

此外，我這麼早結婚，是母親替我帶孩子，她盡心盡力去照顧他們，令我無後顧之憂的去為事業打拼。鑑於當時客觀的環境，我對子女只能供養而不能親自教養，令我失去參與他們成長的過程。現在想起來，是遺憾，也是迫不得已的情況。現在我真希望下一代可以有多點時間照顧孩子，盡一點親職的責任。

還有就是自己的國家，國家要我坐牢，也是一個遺憾，但想深一層也不覺得是遺憾，始終是我的祖國，而我自己也有責任，是我帶了一些「港情」去。當時我得到太多優秀的朋友們幫助，對於他們的幫助，我感恩感激，銘記於心。只是有時還是不禁去想，為何這麼大的國家，沒有一個正統的渠道，讓好像我這種愛國的人可以貢獻國家呢？我又不是想國家給我甚麼好處。

兩年的牢獄，我見不到家人，見不到母親，甚至見不到母親最後一面。那真是我一生最遺憾的了。生命中很多的犧牲，如果能補償的，就不是遺憾了，而這個遺憾是永遠無法補償的。

4. 回望：後悔與無悔

我對每一件事都有要求，對自己也有要求。自己的人生走到現在已七十多歲，我希望回頭望也無悔——其實我覺得自己是無悔的了。為何呢？或許你會說我在年輕時捱得那麼辛苦，但當時來說是整個社會環境都不好，人人都要捱，所以我也不覺得自己很辛苦。現在真的覺得，先苦後甜會好一些，因為，前面的苦都忘記了。

說實話，作為一個事業女性，很多時候容易被人標籤為弱者、重感情不講理性，我就更要時刻提醒自己要對事不對人。另一方面，我也會令自己對市場有敏銳觸覺，明白市場的需要，看得遠、行得穩。

這些年來，我認為在事業上要活出真我，以誠信和勤奮務實的精神態度，去建立合作夥伴，並得到市場大眾的認同和接受。我認為事業成功的首要條件，是勤奮，肯吃苦吃虧，哪怕由低層做起，我都去認真深入地接觸市場和業務，切忌「離地」。

回望以往的日子，我又覺得好像冥冥中有人帶領着自己一樣，做到很多人的力量做不到的東西，例如單人匹馬冒昧地去見何鴻燊，例如在鑽石廳將營業額一口氣推高至一億元，例如做生意做到去非洲……真的每個人都可以做到的嗎？但就在我身上真的發生了。當然，我有付出過，但哪有人不曾付出過？但在付出過之後，真的得到收穫，能夠喜歡做甚麼、吃甚麼、享受甚麼，自由隨心，甚至有餘力去幫人，這其實是十分難得的。

在我生命當中，我覺得這樣走過來，不無感慨。小時候，一起同住的爺爺、奶奶、姑姐、爸爸、媽媽、大哥和弟弟都先後過身了，以往十個人同住一室，如今就只剩下大妹、小妹和我，只有三個女的了。有時靜下來，回想往日，想到以往跟家人的爭拗，都會覺得很無謂，都會自問，為甚麼要爭？爭有甚麼用，為何不能平心靜氣處理？

但很有趣的是，我也明白，當一個人有血有氣，當他一睜開眼，自然只會想到那個「競爭」的世界，不期然的就會想到，不能自拔。既是這樣，也沒有甚麼後悔不後悔。

只是覺得，現在自己已經不再有「去爭」的心。我好像是一個攀上了峰頂，由山峰走着下坡的人，所以我要調整步伐、心態，一步一步走下去。

我常常覺得，人死了之後，經過幾代也就被人忘記！我不要名留青史，我只要無悔今生！

關俊棠神父常說：「From Age-ing to Sage-ing.（由長者到智者）」當然我不是追求成聖，但我

參加前馬會董事梁德基醫生（左）的生日宴會

李龍基（右）出席梁德基醫生的生日宴會並獻唱首本名曲

與人稱「娥姐」的林鳳娥女士在晚宴中相逢

宴會結束，跟李朱日華（右）和朱沃裕 (左) 在門外合照。

希望在「七十而從心所欲，不踰矩」的年紀，自己可以整合安頓好自己，可以的就把自己的經歷、體驗、信仰去分享、傳承！

5. 幫人

因為自己出身在香港的五十年代，捱過物質匱乏的生活，當自己飢腸轆轆時，真是很想得到別人的施捨。這令我對窮困人士有一份感同身受，見到別人有需要、有困難，我能夠做到的都希望盡一分力。

我從小至大都想與貧窮的人「心意相通」。我之前說過了，我小時候曾分自己的飯菜給乞丐吃，給母親罵了一頓。我想這就是我的個性吧。後來隨着自己的能力比較能做到，我常常去幫助人。其實我不喜歡幫了人後又要說出來，而且對不是受惠者說也是沒意思的。但我出這本書，就是想分享一下我這套做人的價值觀。

我是這樣想的，與其說是你要為人提供這些幫忙，倒不如說是上天提供這些需要幫忙的人給你，讓你見識一下。其實我也沒有規定幫忙的對象是基督徒、佛教徒、天主教徒或甚麼背景；對我來說，需要幫助的對象不分信仰，只要在我能力範圍內，我就會去做。其實我也沒有計算過、沒有記着幫過誰。覺得對的就去做，就是這樣簡單！

但在我印象中，有比較深刻的一次，值得與大家分享。那是我以前的一個員工，他患有肺癌，在快將離世的時候，他將一筆錢交了給我，叫我不要給他太太，也不要給他的母親，而是希望我替他看管，用這筆錢照顧他的兒子直到長大。為甚麼他不把錢交給他的家人呢？因為那個員工曾經用一筆錢在澳門買下房子，但他的老婆卻賣掉房子，把錢拿去賭博。他要把錢交託我代管，而他的大姑奶就硬是說想要用這筆錢買滙豐股票……我就說，不要買了，不如把錢放到澳門賭場，就像那些泰國、日本人把錢放在賭場是同一個道理，我們會用這些錢來「轉碼」，我作擔保，每個月給他們生活費，這樣對他們更有保障。另外，因為我覺得他的兒子太年少了，所以我把那些錢、連同他的生活費、加上可以拿的綜援金也一起代為管理。因為那個兒子的母親最近又開始賭了，所以我就乾脆不再跟她有來往，另外給她一些錢過活，而我就盡心去照顧那個孤兒。

我每天都從身邊的人、環境的資訊，得悉不少遇上艱困的人，我以往是二話不說的去幫助，不過後來感到有壓力。我現在都樂於分享自己工作的成果，但已經變得較為隨心，不想幫人幫到有壓力，也不希望自己「好心做壞事」，甚至滋長別人的貪念。

我希望能隨意地，真的遇上了就會幫，但沒有遇上的，就真的幫不了，因為太多了。以前我會想：「難道李嘉誠沒有錢嗎？難道誰誰誰沒有錢嗎？為何他們不幫忙？」但身體力行之後，就知道，世上需要幫的人數量太多。說不定那些有錢人像我一樣都有幫人，但不為人知，是我看不到而已。

所以，我能做到的是，我的眼看到多少，便盡個人能力去幫忙。

6. 賭

我半生都在賭業裏混，知道賭仔其實很可憐的，所以我永遠不會叫人去賭。

我真的不怕坦白說，你叫我在賭場找人見證也可以，我不止不會叫人去賭，而且當他們一賭輸的時候，我還叫他們快點走，旁人會問：「妳這是在做甚麼的？這樣也可以嗎？他繼續輸，妳不就會繼續贏嗎？」對，不是叫客人賭，而是叫客人不要賭，但久而久之，客人沒有背上巨債，開心來、開心去，知我真心幫他們，所以反而成為了朋友。

有些賭場很想有一些「好」的客，即常常來，常常輸，輸了又借，借了又輸，輸完再借的客人；我反而不想做這種客人的生意，因為賭博小則破財，大則傾家蕩產。輕注可怡情，沒關係的，但賭得第二日沒錢回香港，又要刷卡先使未來錢再賭過，欠下一身債，那我又不想客人落得這下場。所以後來假日酒店賭場都不給借錢了。

我也跟神父說，我覺得賭這回事，我們一出生就在賭，賭命運，是不是？賭生意、賭夫妻感情，每件事都在賭，只是我們賭場現實一點，就只是賭錢而已，但你自己，假使你的品行不好，你也可

在同一個活動場合分別遇上丁敏珠（上圖）、白韻琹和謝偉俊（下圖）。

以將你一個好好的人格全部輸掉！

所以，做賭場，是做娛樂事業，客人付錢，買賭博的快樂，贏了開心，輸了就當使了一點錢娛樂自己，而不是走出賭場後欠下一屁股債務，然後人生就這樣完蛋。如果要說我對賭有甚麼理念、甚麼價值觀，我想這就是了。回想當初入賭場，我培訓公關甚麼的，都是想客人有賓至如歸的感覺，那我又怎會想他們落難呢？

與劉思仁（左）、張耀榮（右）等一起祝酒。

我跟仙杜拉是好朋友

與樂壇女子組合 Twins（左一、左三）合照

7. 煩惱

有一次我跟神父對話，談到自己好像自尋煩惱似的：每當看到別人窮、辛苦時，就好像自己也是那麼窮的一樣，自然就很想幫助他們。只是幫過後，有些人會不知足、不感恩，覺得我很應該幫他們，只要我不去幫、或是少幫一次時，他們就會覺得我是個壞人，那我就會很痛了。我問神父，我是否自尋煩惱？

神父回答我說，面對這種事是有兩個極端的：一種是自己經歷過貧窮，所以很懂得窮人的需求；另一種卻是一看到錢就很想據為己有，不想讓自己再過着窮人的生活。道理很簡單，我經歷過有「交收」的恩情，如之前說那個四十多年的好朋友，我感恩她的幫助，有機會便想回報；她臨終把兒子交託給我。但其實也不是因為她幫過我，才會幫她的兒子，即使她沒有幫過我，我亦會一樣幫她的兒子。然後又想到，人家的兒子也可以照顧，那我的兄弟姊妹和他們的子女又怎樣呢？

那我覺得不如就釋懷吧，別老是想着兄弟姊妹不懂性，就想着「心田先祖種，福地後人耕」；我常常在想，母親種了些福地，母親養育我，那我就去幫我餘下的兄弟姊妹，或者他們的子女。但我越老就越多思考、越感壓力——以往不是這樣的，總是很衝動的去幫人，現在心態不一樣了，就教他們去「釣魚」吧，教他們生存之道，不要老是讓他們「飯來張口」。無止境的幫，幫到一個程度，覺得自己在餵他們「吃毒藥」一樣，長久下去，他們會沒有能力生存的，而我預期也希望他們比我長命，這是很正常的事吧，所以就有些思想壓力。子女也好、子侄也好，我很希望可以給他們正面思想，但這很困難，因為我一向是餵他們吃甜頭的人，現在要不再餵他們了，這是個很大的思想改變，心中十分掙扎，要做到不再着緊他們如何辛苦，很困難。我常常自我對話一番：「下一代就不要幫了，只幫兄弟姊妹吧。」然後就會不斷的説服自己。

但神父問我：「妳有沒有想過要對自己好些呢？」我覺得他問得很好，因為我就是沒有想過，或者説我覺得現在對自己已經很好了，例如擁有多點自己的時間讓自己獨處，看看喜歡的東西。還需要甚麼？我又不需要吃得好、穿得好，因為需要的我都有了。以前是「劇情需要」才講究衣裝，現在可以有選擇的空間，不需要為工作而工作，已是一種改善。直至上次 ICAC 查我，因為我自己做上市，然後股票我買哪隻就那隻便宜！ICAC 説，知道我在談電話時曾説了一句：「你幫我買多點吧，『姜太公封神』。」ICAC 問我這是甚麼意思，他以為我是代人買的。「『姜太公封神』還有哪個未封？」我説，「就剩我了。」怎樣説呢？當我賺到錢時，我心想讓親友得益，這個分一些、那個分一些……

現在這個世界，不是好像以前的年代——我吃了別人的芝麻糊，有機會就回報，現在的人不是那樣的了。走到街上，人人都彷彿是豺狼，我不是很認同現時社會上一些人的思想和所作所為，但是畢竟要走過來，亦要面對。

8. 感受——今日的香港人

有一天，我跟關俊棠神父說起：「我們那時一家人搬到徙置區，感覺就像中了馬票（彩券）一樣！」

關神父說：「我到了英國，才知我們的廉租屋，人均面積就是英國人按照他們監獄犯人的人均面積計算出來，而徙置區人均面積就是英國人墓地所佔的面積！不過那時人們都會面對和接受，人人都窮困，大家都在逆境中奮力生存，成就『獅子山精神』！」

關神父和我，都是成長在一九五〇年代的香港，共同經歷了殖民時期的香港，和見證到香港邁向繁榮的過程。香港今天這個家，都是上幾代人努力的結果。

二〇一九年八月份，我在家中看電視報道，看到年輕人在荃灣進行暴力破壞。對自己的地方被這樣子搗亂摧毀，我的心很痛！這是我們的國！我的家！是前人努力的建樹！他們破壞的，不但是自己的未來，更可能是他們下一代的將來。

二〇一九年六月份的反修例遊行，我也同情和明白青年有他們的爭取和訴求。畢竟時代變了，他們比我們那一代，更積極敢言，更熱心參與社會運動。

我生成黃皮膚的，身上流的，也是炎黃子孫的血，這是一件不可否認的事實，就是我像米高積遜那樣子去「漂白」自己，我骨子裏都不會變成西方人。人家也不會把自己看成他們的民族。我一直認同自己中國人的身份，沒有國、哪有家？我不認識政治，也沒有這個智慧，我只是芸芸十四億中國人中的其中一個！

其實要恨中國大陸的話，沒有人比我更有資格！多年前，我花了五億元投資在內地！結果得到的，是自己入獄兩年的結果！不過正如我之前所說，當時也許是自己不夠通透、謹慎。

我所以這樣說，是為了表明我認同自己的國家，不是因為我是所謂「親中人士」的「既得利益者」！

不過當我事後再反省，我們的確虧欠了下一代。我們本該教他們好好認識祖國，認識身為中國人的身份：中華文化超過四千年的歷史，演進到現在祖國、今日香港的背後的故事……只可惜，我們成年人為了各種不同的原因，去誤導吹捧鼓勵年輕人去暴亂破壞，把他們推落萬劫不復的深淵！

我真心希望香港回復以前的穩定、包容、和諧！真心希望大家不論「黃藍」，都可以放下心中的偏執成見，進行有建設性的對話溝通。

我更期望我們的政府團隊，能真正回應市民的訴求：哪些可以考慮或接受，哪些不可以而加以解釋！因為一直以來那些抗爭式的口號式的的宣傳，只會令香港陷於極大危機！

我絕對支持法治的香港。警察有良劣，正如示威者也有暴徒，這個是事實！但始終真正的暴徒需要法治來處理，正如真正的黑警也是一樣！最後希望政府團隊能與時並進、審時度勢，放下當權者的傲慢，深入了解市民訴求，不再「堅離地」，特別是在疫情反覆、百業蕭條之下，思考怎樣可以幫助大家渡過這個難關！

我認識了主耶穌，我感受到信仰帶來的盼望和力量：「我知道怎樣處卑賤，也知道怎樣處豐富；在一切事上，在一切情況下，或飽足、或飢餓，或豐富、或缺乏，我都得了秘訣。」這是保羅的說話，但對我來說也很合適！這些年來，我有我的工作，也賺到一些財富。骨子裏我知道自己只是一個普通人，我不過是財富的管家！我在世上，只是神的僕人、管家。

我和主內的肢體，願意為祖國和香港祈禱，當權者也是神的管家，讓我們尋求祂賜給我們的智慧和勇氣：「祢的名行在地上，如同行在天上！」

阿門。

第三章‧疾病

——編按：本章由苗延琼醫生以第一人稱而撰文

1. 一段很特別的醫患關係

這篇文章很特別，是因為我是以身為司徒小姐的主診醫生，和跟她是好朋友的角度去寫的。

說實話，如果我一早就知道司徒小姐充滿傳奇的背景，當時的我一定會緊張得手足無措！

——第一次會面

記得第一次跟司徒小姐見面，是在二〇一二年。那時候，司徒小姐是由她侄女陪伴下來找我的。司徒小姐一頭短髮造型，前額上是她「招牌」的一撮白髮。當時司徒小姐穿着一身顏色低調整齊的套裝，拿着一隻中性的黑色皮手袋。（後來知道她用這樣的手袋，是因為未半退休前，她的手袋都是她的保鏢替她挽的，她不想保鏢堂堂一個男人拿着女性化的手袋。）

據知司徒小姐的侄女是在網上找到我的資料。事後我才知道，她選中我的原因，除了我是個女醫生外，也因為我是一個基督徒。還有，雖然我剛剛出來執業，但資歷不淺。

「妳有甚麼不舒服？」我問。

「沒有甚麼，主要是自己感到容易動怒，動不動就對人責罵，有時好像一輛沒有剎車掣的汽車！」司徒小姐說。

我也遞上一份焦慮抑鬱症狀量表給她，但司徒小姐原封不動地交回給我，看來她不喜歡填寫問卷。

我在細問之下，才知道她心情經常都不是太好，有時候做事好像缺少動力。

「退休之後的一、兩年，我感到自在舒服，之後就感到不對勁，時常感到鬱悶！」司徒小姐說。

後來她的侄女偷偷地告訴我：「苗醫生，最近姑媽心情不好，她一向都是一個女強人，每天都日理萬機。最近她感到自己是時候把腳步慢下來，我想她可能還未適應半退休的生活。」

——退休的壓力

看起來退休應該是好好放鬆和收成勞動成果的時候，但它有時會導致抑鬱的感覺。為甚麼會發生這種情況？

工作儘管有壓力，但它會帶來一種「自己還有用」的價值感、歸屬感和貢獻感。隨着退休，就要重新尋找自己的存在意義和目的感，漸漸地去調節和適應。

「苗醫生，妳可以上網搜尋她的資料，她其實是一個極之低調的名人！」侄女補充說。我想她侄女是希望我能知道她多一點的背景資料。

當時我給司徒小姐的臨床診斷是鬱躁症。她的情況，是混合着情緒低落和心情煩躁！

——收到特別的饋贈

最後，我沒有上網搜尋有關司徒小姐的報道，這導致我「有眼不識泰山」。其中最重要的原因，是因為我不想在以後日子中，自己會按捺不住八卦獵奇的心去跟司徒小姐相處。當時的我認為，對她報道的事知道得越少，我越能以第一身的接觸來認識她！

接下來的見面，司徒小姐都會帶一袋袋的衣服送給我。令我深受感動的是，她會用軟尺量度我的身高肥瘦，把衣服改好了才送給我。

「這些衣服是我以前買下來的『戰衣』，它們都是全新的，我動也沒動過。這些衣服布料一流，我想現在都找不到這等布料和手工。說實話，這些行政裝束我現在用不着了，對妳則可大派用場，我現在都送給妳穿。」

「妳為甚麼不送給妳的侄女？」我感到意外驚喜之外，心中也感到奇怪。

「姪女們的工作與這些服裝不配搭！我希望物得其所！」司徒小姐說。

我開心的不只是因是這些衣服，而是對於剛出道感到迷惘又缺乏自信的我，司徒小姐的關懷貼心，令我感到很溫暖。

為昔日戰衣尋找它們的主人！司徒小姐是不會浪費機會和資源的人，由此可見，她是一個既長情又顧及別人需要和感受的人。

——為我祈禱

認識司徒小姐，是在我剛剛由醫管局出來私人執業的時候，習慣了舒適圈，跳到嶄新的私人執業界，我經歷了不少環境上的適應。正是在這段時間，我有一個「醫生病人」，在看了我一年多後，最終在自己的車子內注射麻醉藥自殺。那位醫生有酗酒問題，之前他因為自己注射過量的胰島素企圖自殺，而被我強制性送到醫院去。沒有想到他出院不久又有尋死念頭。當時我感到心力交瘁，情況好像雪上加霜，整個人都要崩潰下來！

不知在甚麼力量的驅使下，我向司徒小姐透露了我的心事。這其實在我過往的醫生生涯中，是絕無僅有的事，因為我們始終以病人的需要為宗旨，不會反過來要病人聽你的困擾。可能我被司徒小姐身上散發着一種俠義正氣吸引，而我知道她是一位虔誠的基督徒，我希望她能為當時的我祈禱！司徒小姐聽了我的事情後，二話不說就為我低頭禱告。

由這件事開始，我跟她的關係改變了：我跟她不純粹是醫患關係，而是亦醫亦友亦主內肢體的關係。

——家訪的經歷

過了不久，司徒小姐的侄女偷偷給我電話：「姑媽為人要強，想停了妳開的藥，她不想要依靠藥物！其實我們都知道這是不行的，我希望妳能想想辦法勸勸她！」

在這之後，我時不時給她掛電話，了解問候她的情況。

有一次，我和司徒小姐在電話中，提到福音戒毒的事。「妳不如上來我家談談！」

我就借那次家訪，跟她解釋情緒病很多時候都要服用一段比較長時間的藥物，因為停了藥後很多人都會復發！吃藥有預防保健作用。

「我們是需要藥物，不是依賴藥物！需要和依賴，是截然不同的兩回事！」我對她說

司徒小姐明白我的話，事實上，我發現她是個很講道理的人。這段時間，她會親自告訴我她服藥的過程，有甚麼地方改善了，有甚麼地方有待改善，除此之外，還有甚麼副作用等等！我實在很珍惜這樣子坦率真誠的互動。說實話，她是個模範病人，一點兒的架子也沒有！

在之後的日子，我跟司徒小姐的關係就更加熟絡了！

——心底話

「其實我去看妳，除了身不由己的脾氣外，也為了我的家人！我要承擔和看守整個家族，所以我首先一定要好好照顧自己，我相信這才是一個負責任的行為！」司徒小姐告訴我。

「妳覺得我怎麼樣？」我問司徒小姐。事實上，不只是醫生「看」病人，病人也在「看」醫生。「其實也是我侄女上網找到妳的。她得知妳行醫的資歷尚算不淺，又是一個基督徒。不過說真的，跟妳相處下去，覺得妳好似對醫療以外的事，好像甚麼也是個門外漢。妳一點偷窺好奇的心也沒有，既不上網也不看八卦雜誌。不過這樣反而令我與妳相處得自在舒服！所以覺得說到底，妳還是可以的！」司徒小姐坦白的說。

後來在一些偶然機會下，司徒小姐拉我去探望她一些患病的朋友。記得有一次，有一個濫藥又有精神病的青年，痛苦地躺在床上。我正在想他的精神狀況和可能的鑑別診斷時，司徒小姐坐在他的身旁，捉着他的手，溫柔地問：「你有甚麼心事，可以跟我說。」她是展現了真正的同理心：簡單地陪伴受苦的人，讓他知道自己不是孤單的。

——得力團契

司徒小姐也帶我到她親自成立的得力團契去。得力團契主要是幫助曾經濫藥的人，它的主軸是基督教信仰，並由此而開展事工去照顧濫藥的肢體。因此得力團契開拓了一個農莊，讓過來人有一個療癒的團體和環境，一步步有尊嚴的站起來，由邊緣人成為一個對社會有歸屬感的人。

由於司徒小姐的家人之中，大部份的男士都受濫藥的摧殘和禍害，所以她親身體驗到濫藥對人的摧毀和對家人的傷害。所以她成立得力團契的目的，就是希望受害人能靠着信仰和主內的愛，不再受毒品的牽制，做一個清醒自由的人。

——緣份的天空

我是在二〇一二年六月初於銅鑼灣開始執業，而我是在六月底的時候遇上司徒小姐，看來這是很巧合的緣份。

有一次，我跟司徒小姐說起我以前的一位舊同學，他做了傷害我的事情。她聽了之後也沒有說甚麼。

碰巧有一次，這位同學生日，他安排好在司徒小姐女婿開的法國餐廳慶祝。

「我不想去！」我對司徒小姐說。

「不想去就不要去好了，其他的事我自會處理！」她說。

當時我也不知她會怎樣處理。二話不說，她吩咐她的女婿預備了一個很精緻的生日蛋糕。「苗醫生有事不能來，這蛋糕是為你特別預備的，以表心意！」餐廳老闆對我的同學說。

「還有，你們以後可以以『苗醫生』名義訂枱，會有 VIP 招待！」他補充

「我這樣做，是令他知道妳是『有料到的』！這比妳罵他還要高手！」司徒小姐說。

由此可見，她是一個處事周詳、八面玲瓏的人。

2. 後記：盡量嘗試走出羅生門

我曾經問過司徒小姐，要不要將這個醫療經歷寫出來。始終，在現今社會，人人提起情緒病，都有一些忌諱。

「我不是一個超人、聖人！我希望以一個平常人會遭遇的限制和障礙，都坦白說出來！我要真實的呈現，我希望其他人遇到情緒病，也不要諱疾忌醫！我說出來當然要有勇氣，我希望以我的經歷成為別人的鼓勵和啓發。」司徒小姐說。

作家李怡曾在他的文章中寫了這一段話：《羅生門》導演黑澤明說，是因為「人不能老實面對自己，不能毫無虛矯地談論自己」；「每個人有本能地美化自己的天性」。而看盡古今中外，似乎沒有人能夠走出這個羅生門。於是，這世界是否也就永遠沒有真相？

我想說，司徒小姐這本《司徒玉蓮的紅塵誤．悟紅塵》，就是盡心誠實地回憶自己的人生故事，她讓我們接近她那時代的歷史：對人對事坦白的陳述，藉着自己生命的經歷，為基督做鹽做光。

3. 花絮：愛在新春旅遊時

二〇二〇年新春假期前，我已經出發到亞美利亞和格魯格吉亞去。很多人問我究竟這是甚麼地方，我只答那是與土耳其接壤、俄羅斯鄰近的地方，屬於高加索區的國家。這次旅行的主題，是參觀不同的修道院，可說是聖地遊。

這次旅行，我和丈夫倆跟司徒小姐和她的朋友，一起結伴同遊。我們的團友，來自各方：神職人員、退休人士、中學老師、醫護人員、精神病康復者，還有一個患上唐氏綜合症的年輕男子。

我們的領隊是Tina，而亞美利亞的導遊是Irene。

這次亞美尼亞之旅，可以由幾件軼事看到司徒小姐的另一面。

——軼事一

亞美尼亞的冬天很寒冷，街上的景物都被白雪覆蓋着。

那天我們要去郊外的聖矛修道院（格加爾德修道院）、加爾尼希臘神殿和峽谷。上車前，司徒小姐交叉雙手站在旅遊巴旁打量着我。

最後她指着我穿的褲子說：「苗醫生，妳穿的褲子太薄，褲腳又太寬，完全不保暖，妳快上樓穿上厚一點的褲子！

「妳趕快把我之前給妳的雪褲穿上。

「今天應該很冷，我不想妳第一天行程就病倒！」司徒小姐說。

司徒小姐確是有剛中帶柔的「家姐」風範。不過幸好我聽了她的話，因為那天雪下得很大，郊外只得攝氏零下八度的氣溫。

——軼事二

我們的農曆大年初一，剛好是在去亞拉臘山的旅途上過。相傳挪亞方舟最後是停在那山上，而亞拉臘山終年積雪。

「替我打開我預備好的曲奇禮盒！還有，把紅瓜子和黑瓜子分給大

這次旅程，我們都有意想不到的收穫，例如美麗而未經雕琢的大自然風景，白茫茫一片的雪山，令人心曠神怡。

家！」司徒小姐把這些過年食物在車程上分享。

「就暫且把曲奇餅代表年糕，祝大家在新的一年，身體健康、步步高升！」亞美尼亞的當地導遊和司機，對我們的港產曲奇餅，吃得津津有味！雖然身在異地，但過年的傳統還是有的。

——軼事三

我提過我們團中有一個年輕男子，他患上唐氏綜合症，他的名字叫亞才。

亞才能夠來到這寒冷遙遠的地方，實在不容易。

亞才說話很少，據他爸爸說，就是傷心他也只是輕聲飲泣。他全程都在安靜地參與：難行的雪地、崎嶇的山路，亞才在爸爸攙扶下，都能一步一步的完成。就算食物不是太合胃口（大部份都是冷麵包和凍肉），阿才都一聲不吭地把食物吃光！他是一個真正接納和活在當下的人！

有一次在一個酒莊裏，莊主在招呼團友試飲水果酒。碰巧司徒小姐就坐在亞才旁邊，她湊近去親他的臉蛋。只見亞才先是坐近司徒小姐一點，再伸出手去觸碰她，最後把臉蛋兒湊過去。最後見到亞才開心笑了！

「其實我好想為亞才祈禱和祝福，不過團中有神職人員，我覺得由我來做這些，好像不大好。」司徒小姐說。

可能連司徒小姐自己都不覺，她對社會上的邊緣人士，都有一份特別的親切和溫柔，很容易就

亞才先是坐近司徒小姐一點，再伸出手去觸碰她，最後把臉蛋兒也湊過去。最後見到亞才開心笑了！

跟他們心連心。

才爸是我心中的偶像，他說：「我家不是特別有錢，但才仔都有安舒、愛與接納的家庭！」

生命因困苦而豐富，愛則因為必須努力而深刻！接納與愛，最終將會融化所有不同，得到各自的收穫、幸福！

軼事四

在旅行的期間，內地和香港爆發新冠狀病毒肺炎，在香港的兒子不停 WhatsApp 跟我說：「媽媽，我們買不到口罩和消毒酒精！」所以我們到了亞美利亞和格魯吉亞，見到有藥房就去搜購口罩和酒精。

記得在格魯吉亞的首都第比利斯市時，司徒小姐和我一起去搜購防疫物資。我們到了一個大型商場內的藥房，看到那裏有口罩供應，起初我們各買了十盒。當我們步出去藥房時，迎面而來有一個清潔工人，她手上拿着一個將要棄置的大紙箱。司徒小姐走上前問可否把紙箱送給她？那位清潔工說可以。司徒小姐二話不說就拿着紙箱再度走入藥房，叫售貨員把一盒盒的口罩放滿紙箱內。只見那些售貨員被她的舉動都嚇了一跳，有些更躲在一旁偷笑。「只要店裏有充足供應，我們又有方法搬走那些口罩就行了，我們不用太理會她們大驚小怪的反應！」司徒小姐說。

最後我們買了足足六十盒口罩，把我的丈夫和另一個男老師嚇了一跳，司徒小姐真是巾幗不讓鬚眉！這次買口罩的過程，令我看到司徒小姐反應機靈和辦事幹練的一面。

事後我才知道，司徒小姐打算把那一大紙箱的口罩，郵寄到我的診所處。「妳是一個醫生，診所不能不夠口罩的！若然遇到有求診病人沒有口罩，妳也可以送一些給他們，以示關懷！」她對我說。

那段時間，口罩和洗手液是「戰略物資」！有人大量囤積；有人自己不夠，還要去捐贈給更有需要的人！果真是時窮節乃現。

軼事五

高加索區的天氣太寒冷和乾燥，司徒小姐的面孔驟然變得又紅又腫！最後我們安排去見皮膚專科醫生。那天導遊 Irene 帶我們到醫院去，我們截了一輛的士，沒多久 Irene 發現她的手機不見了！到達醫院後，Irene 一直保持沉默，她先陪伴司徒小姐看過醫生，之後再到附近的藥房拿藥。回程時 Irene 對我們說：「妳們先出去走走，我要回酒店去處理我遺失的手機。」這時我們才知道 Irene 弄丟了手機。

Irene 始終找不到她的手機。司徒小姐知道後，就對 Tina 說：「妳可否幫我買一部最貴最好的手機，我要送給 Irene！

「Irene 很有專業精神，她是因為要陪我看醫生而把手機丟失，新手機是我對她的小小心意。」她對我說。

最後，當那部「最好最貴」的智能手機送到 Irene 手時，她開心感動得哭了！原來她若果要掏錢出來買那部手機，足足要她三個月的薪水！

司徒小姐是一個慷慨的人，她常說：「我們只是金錢的管家。」所以她用錢的原則是要：物有所值、用得其所！

回顧

這次旅程，我們都有意想不到的收穫：當中有美麗而未經雕琢的大自然風景、那白茫茫一片很乾淨的山林雪景。我們還參觀了很多充滿歷史感、藝術氣息濃厚、寧靜古樸的修道院。當然，還有我們有來自四面八方的團友，彼此的互動令旅行生色不少。

曾國藩曾有一句座右銘：「懷菩薩心腸，行霹靂手段。」我看司徒小姐：「懷基督心腸，行霹靂手段。」

她對人或考慮問題時，就是懷基督的心腸：她對別人的尊嚴和需要，極為體貼敏感。她的「霹靂手段」：只是處理解決事情的手法。

我相信她能夠剛柔並濟，是因為她曾經歷並以誠實的態度去面對人生的各種考驗和挑戰。她能真正關懷，是因為她已經沒有自我擴張的念頭！

耶穌給我們的誡命：除了愛神之外，就是愛人如己。我相信這就是司徒小姐安身立命的基石。

第五章・退休？

曾經有人問我何時退休？

工作是生活一部份，沒有退不退休，工作也是人生一部份，所以永不言休。人生七十古來稀，但問心自己的心境比實際年紀輕。對我來說，七十是從心所欲之齡，工作時間比以前彈性大了，令步伐放慢放輕。

二〇一七年，我在香港金域假日酒店舉辦七十壽宴，名為「A Wonderful Life 蛻變 司徒玉蓮女士 70 壽辰之喜」。席間邀請溫偉耀博士跟我一起做分享。

十分感謝專程來祝賀和分享我喜悅的朋友，這張大合照溫馨感人。

蔡健如先生送給我的特別賀禮

生日宴少不了的切蛋糕儀式，大家都很開心。

感謝岑建勳和陳欣健為我的生日宴做司儀

1. 家庭式運作

假日酒店這個賭牌，我們大約在兩年前申請上市，當時也不是我們主動申請的，而是律師建議，因為那時的上市牌很值錢，值六、七億，所以律師就跟我提出，我的賭牌說得上滄海遺珠，既然假日酒店又是一人公司，一人老闆，中介人又是我，一個人可進行決策，倒不如就上市？怎料到現在，還未成事，是好事還是壞事？我想是好事吧。是不是這樣子停一停，那就可以讓我給自己的人生計一計數，在賭場我也可以釜底抽薪，說不定有人比我經營得更好。

這十多年來，我都只經營假日酒店。其實也沒有特別去經營，更沒有甚麼「大肆進攻」，我只是維持一個賭場基本的營運；當初教員工如何好好招呼客人，在軟件、配套上着手，那時是新鮮事務，現在這些已是基本的了。心態上，跟我初進娛樂公司時有所不同，那時較為積極，推陳出新，帶來很多新鮮的服務。現在經營假日酒店賭場是「家庭式運作」，當然賬目還是很清晰的。

由於我再沒有借錢給客人賭錢，所以這陣子因疫情的關係（編按：訪問在二〇一九年底至二〇二〇年中進行，其中三月至五月疫情最嚴峻的時間暫停），賭場停業對我來說沒有帶來甚麼大的傷害——當然還是有影響的，因為沒有了收入，卻仍然需要支出，不過最起碼我們沒有借錢給賭客。之前說過，我們不設回佣，也不會借錢給客人，所以風險較低。

但以整個澳門賭業來看，要重回以前在澳門專營賭場時的盛世，是沒有可能的，現在「醫生多過病人」。以前我去舊葡京，查看酒店，百分之一百一十入住率，因為有加床；但到了晚上，房間都沒有人開燈的，因為根本沒有人上去睡覺，賭客甚至三天三夜都不上去房間的。現在酒店房太多，有幾十萬間房，哪有這麼多客人？以前和現在，酒店房內都一樣沒有人，但卻是兩個光景了。

現在澳門的發展大趨勢，客人主要是來度假、開會，就像新加坡那樣，我覺得這反而會有點商機。要像以往澳娛那樣，想開大賭枱，恐怕也是無辦法的了。賭業沒落是時代問題，因為種種原因現在也難做內地客的生意了。不過所謂上有政策、下有對策，例如現在因為疫情關係，沒有人到賭場玩樂，但會改為到網上賭博，而且賭很大的，一晚可以輸掉一二千萬的，雖然只是玩老虎機而已，很可怕。我也問過別人怎樣可以拉老虎機也能輸一二百萬，原來，投注額只是每注一元，但有幾十條，所以一條方程式下來，便好幾千元了，那就會滾得很大。

我們沒有做網上賭場，因為是不允許的。

2. 半退休的煩惱

約六年前，我聘請了鍾小姐來幫助我辦公。她初初上任時，由於她是由另一個文職轉來，再加上其他原因，我想大家好好度過磨合期，也不希望她上班時會有甚麼壓力，所以我仍然花許多精神在工作上。鍾小姐很快上手，大大幫輕我，讓我不用分心於庶務；以前有很多我以為只有我才可以做到的，她都可以接手順利完成。所以我也開始懶惰了，慢慢少了回到自己澳門的賭場，變成「遙控」。

所以說，我是沒有退休的，每天都注意着公司是如何前進，我會監看着的，只是我看到你，你看不到我。無可否認，這幾年的確節省了一些時間，我會放在行山和梳理自己的信仰上。這個所謂半退休的狀態，剛開始的一兩年我還是覺得挺好的，很舒服，但到了第三四年，就開始有情緒了，覺得自己像個廢人一樣，所以那時我就開始看精神科醫生。

「做人為了甚麼？睡覺、睡醒後工作、工作後再睡覺，一直這樣下去，做來也沒有用。」總是有種聲音在跟我說不停，這種負面情緒老是糾纏着我。「不要工作了，多點去玩樂吧！」但我的個性是不可以因為說辛苦就拋開一切而去玩樂的。事實上，工作對我來說並不辛苦，只是在旁人眼中覺得我很辛苦。

我由此得到一個很大的領悟、感想：以往總是覺得母親辛苦，但原來並非如此，能用心思省下錢來，才是她覺得開心的地方。所以我也不覺得自己辛苦，因為在工作中有滿足感，只是親戚和後輩都會勸說，叫我不要再工作了；他們不知道，原來不工作，只會變得頹廢：去洗一洗碗就去休息一下、洗兩件衣服又休息一下，勉強找點事做，硬要讓自己感覺不太辛苦，明明那些都能一下子完成的，就分幾十次做。

不過，也實在要承認，自己已經不年輕了，七十多歲，一切都要慢慢來。

現在時間比較多，星期日除了宗教活動，也會跟後輩一起行山，保持健康和魄力。

慢慢，慢慢，不如梳理一下自己。原來，同一個款的衣服我可以重複買十件八件，但所喜歡的風格還是一樣，買來買去都是那些，那就送掉一些給別人；我也會收拾舊照片，開了火爐，把多餘的照片都燒掉，現在不燒，到我有天回到天國後，哪有人會替我清理？那不如現在自己來吧。

3. 出書

現在過着所謂的半退休生活，剛巧出版社接觸我，洽談出書。我最初想，賭仔最怕「書」，「輸聲，唔好聽」；但我已經走過大半生了，還怕輸嗎？況且，自從一九八四年開始，三十多年一直都從事賭業，現在有時間，不妨做一些不一樣的事，也藉此機會回顧人生，又找一些相片，緬懷一下；另一方面，信主之後，我也有一些對生命的想法，希望藉這本書，跟書友分享，應該很不錯。

書名很早就敲定，叫《紅塵誤．悟紅塵》，年少無知，被紅塵誤了，走錯路，到認識了主後，就悟紅塵。前面是「誤」，是錯誤的：那時為了生活，十五六歲已經相親，十八九歲就成了母親，那時因為窮，以為結婚才能解決問題，但其實不是的，錯的，那時最流行嫁到美國，收禮金，又想嫁到美國後會有錢寄回香港……「紅塵誤」就是指一開始的時候就是錯了，這樣錯了六十年了。到後面是「悟」，有所覺悟：認識到神後，覺悟紅塵，走回正路。

所以想出這本書，是因為想作一個見證，見證在我的信仰來說，就是若果在生命裏，你得到了啟示，或者讓你的生命有所得着，你也希望自己的生命可以祝福到更多的人——我當然希望我的生命可以祝福到更多的人，所以才會想出這本書，然後開一個見證會。其實早在五年前，有個教會也曾要求我開見證會，但我那時「要手擰頭」：「不行不行，完全不行！」因為當時我連要求自己也做不到，現在我慢慢開始覺得自己也可以祝福別人了，那早晚也是要做的，那就趁自己尚有健康，身邊還有那麼多文人、作者，又可以鼓勵到自己，這亦可以在靈修上鞏固自己。幾個元素集於一身的情況下，就想出書和舉行見證會。

從來我都很抗拒出書的，因為按照我以往的作風，覺得出書如果盡是說自己對，就一定要說別人的不對，這是我反對的；但現在想來其實不是的，書中內容可以不特別提別人的對錯，只要指出事實就可以了。我們這些「偏門人」和「正常人」不太相同，「偏門人」有很多不成文的規矩，我們沒有一張畢業證書，被人標籤是「黑社會」，不是「讀書人」，我們的行為、思想，其實非筆墨和言語所能形容。「斯文人」和我們這幫人就是有一種隔閡，而這種隔閡是無法說得明白的。

再說我的一生，始終脫離不了跟江湖的關係。

少年時我跟非主流的草根社群為伍，雖然不屬於任何社團，也不是「黑社會」中的一分子，但日子下來，我也不可能是「白色」的，在別人眼中，我難免染成「灰色」。

我之後在澳門立業，做過賭博娛樂事業，也涉獵不同的生意。我常年遊走四方，可算是經歷世故之「老江湖」。但我為的是甚麼？當然想有自己的事業，為了賺錢，為了生活，為了世間財富去打拼。我是在紅塵中追逐這些，究竟是紅塵誤了我？還是我誤解了紅塵？

只要有人，就有恩怨，有恩怨的地方，就有江湖。

社會可以是個大江湖，但辦公室也可以是江湖，家庭也是一個江湖。試問誰人可以脫離江湖？正如武俠小說家古龍說過：「人在江湖　，身不由己，情仇難卻，恩怨無盡。」

但我也嘗試去說，去努力說出來，寫出來，為我們這幫人留低一個記錄，留下一個說法，也是好事。

所以，除了行山和信仰生活外，近這幾年我一直默默籌備出版這本書。

4. 如果我還年輕……

現在，澳門的賭業，香港的情況，都讓人擔心。在我自己來說，這場仗也沒甚麼好打的了，要是還年輕的話當然是去衝、去拼，但對我這個年紀來說，就沒意思了。當然，這只是我的個人想法，事實上，當環境、時勢不容許我這樣做就沒辦法了。該走的路我已走過了，還有甚麼要眷戀不捨？留一條路給其他人吧。我只需把我的經驗，傳遞給後來者。

結語：紅塵誤・悟紅塵

感恩在我五十知天命之年，我認識了主耶穌。主耶穌道成肉身，充充滿滿的有恩典有真理。在此我感謝沿途扶持我的弟兄姊妹：凌建人先生、凌太楊月娥女士、溫偉耀博士夫婦、關俊棠神父等……不能盡錄。他們令我得以在神的話語中把生命扎根。這些年來，我仍然生活在紅塵中，滾滾紅塵已經成為我基督信仰的「道場」：如果耶穌處身今時今日，祂會如何面對回應這個世界？

我由被紅塵所誤，開始去參悟紅塵，但我知這是一個過程，每天我在信仰的路上，都是個初學者……

「相濡以沫，不如相忘於江湖。」人有悲歡離合，月有陰晴圓缺，此事古難全。但願自己能學習放下執着，選擇把過往的感情放在汪洋的人潮江湖中，藉着神的大愛使感情超脱超越，愛是永不止息的。

www.cosmosbooks.com.hk

書　　名　司徒玉蓮的紅塵誤・悟紅塵
作　　者　司徒玉蓮　口述
　　　　　苗延琼　文　健　著
責任編輯　林苑鶯
美術編輯　郭志民
出　　版　天地圖書有限公司
　　　　　香港黃竹坑道46號
　　　　　新興工業大廈11樓（總寫字樓）
　　　　　電話：2528 3671　傳真：2865 2609
　　　　　香港灣仔莊士敦道30號地庫（門市部）
　　　　　電話：2865 0708 傳真：2861 1541
印　　刷　亨泰印刷有限公司
　　　　　香港柴灣利眾街德景工業大廈10字樓
　　　　　電話：2896 3687 傳真：2558 1902
發　　行　香港聯合書刊物流有限公司
　　　　　香港新界荃灣德士古道220-248號荃灣工業中心16樓
　　　　　電話：2150 2100 傳真：2407 3062
出版日期　2020年12月 初版・香港

ISBN : 978-988-8549-33-7